フロム・ミー・トゥ・ユー

東京バンドワゴン

小路幸也

集英社文庫

目次

登場人物

堀田家

勘一　我南人の父　古本屋〈東京バンドワゴン〉の三代目店主
サチ　我南人の母　七十六歳で死去
我南人　伝説のロッカー
藍子　我南人の長女　画家　おっとりした美人
紺　我南人の長男　元大学講師　現在は著述家
青　我南人の次男　長身の美男子でプレイボーイ
花陽　藍子の娘　落ち着いたしっかり者
研人　紺の息子　好奇心旺盛で心根が優しい
かんな　紺の娘　活発な性格
鈴花　青の娘　おっとりした性格
秋実　我南人の妻　旧姓・鈴木
亜美　紺の妻　才色兼備な元スチュワーデス　旧姓・脇坂
すずみ　青の妻　肝の据わった、古本屋の看板娘　旧姓・槙野

祐円　　勘一の幼なじみ　元神主
康円　　祐円の息子　現神主

藤島直也　〈東京バンドワゴン〉の常連
マードック　イギリス人画家
木島主水　雑誌記者　我南人のファン
千葉真奈美　小料理居酒屋〈はる〉のおかみさん
甲幸光　〈はる〉の板前
玉三郎・ノラ・ポコ・ベンジャミン　堀田家の猫たち
アキ・サチ　堀田家の犬たち

ブックデザイン　鈴木成一デザイン室

フロム*ミー*トゥ*ユー

東京バンドワゴン

紺に交われば青くなる

堀田《ほった》　紺《こん》

「覚えてるよ。確か、青《あお》が中二のときだよね」

　ばあちゃんが、あれはいつだっけね、と訊《き》いてきた。こうやって仏壇の前で話していると、よくばあちゃんは昔のことを質問する。

「そうだったねぇ。紺は、いくつだったっけね」

「えーと、二十二かな。まだ大学生だった」

　そうか、そういえば大学生だったか。なんかもう遠い昔になってしまったような気がする。気分的にはあの頃と全然変わっていないのだけど、三十も半ばを越えてそんな気分じゃまずいか。

「秋実《あきみ》さんも元気だった頃だね」

「あぁ、そうだね。母さんもね。そういえばそのごたごたが収まったと思ったら、藍子《あいこ》が皆に話したんだよ。実は妊娠してます。一人で産んで育てますって」

「あぁ、そうだったね。あのときの勘一《かんいち》の顔ったらなかったね」

「そうそう、鳩《はと》が豆鉄砲を食ったようっていうのはああいうのだよね」

「なんだか、そういうどたばたが立て続けにくるんだねぇ、我が家では」

「伝統だね、もうこれは」

そこで、気配が消えた。

「ばあちゃん？」

返事がない。

最初の頃は、このいきなり切れてしまうっていうのが随分不安だったんだけど、もうすっかり慣れてしまった。大丈夫、ばあちゃんがいなくなったわけじゃない。いなくなるというのは、まぁ要するに成仏してしまうってことなんだろうけど、きっとそのときはわかると思うんだ。

何の根拠もないんだけど、そう確信してる。

チーン、とおりんを鳴らして、仏壇のところで微笑《ほほえ》んでるばあちゃんの写真に手を合わせた。

「またね、ばあちゃん」

たぶんすぐそこでにこにこしながら座っているんだろうけど。こっちも苦笑いしながら、左右を見回して、軽く頭を下げてから立ち上がった。

ばあちゃんがいる、と気づいたのは、初七日の法要が終わったときだ。身内とご近所さんだけの集まりを片付けて、やれやれご苦労さんってじいちゃんが言ったとき、どっかから声が聞こえてきたんだ。

『はい、お疲れさまでした』

思わず、きょろきょろしてしまった。だって明らかにばあちゃんの声だったからね。藍子にその様子を気づかれて、紺ちゃんどうしたの？　って不思議がられたけど、慌てて適当にごまかした。ごまかすしかないよね。

だって、死んだはずのばあちゃんが縁側の座布団にちょこんと座って、にこにこしてるんだから。しかも僕以外は誰もそれに気づいていないんだから。むしろばあちゃんの方がびっくりしていたね。僕がばあちゃんに気づいたことを。

もっとも、ばあちゃんの姿を見たのはその時だけ。今は研人《けんと》にしか見えないのはどうしてなのかな。

(えーと、もう三年か)

ばあちゃんが死んじゃってから、三年。なんだかいろいろあったけど、いちばん良かったのは、じいちゃんが元気でいることかな。

正直、心配していた。じいちゃんとばあちゃんは本当に仲が良かったから、ばあちゃんが逝ってしまったらじいちゃんはどうなるんだろうって。めっきり老け込んでしまってこの家も店もまた灯が消えたようになるんじゃないかと。下手したら、じいちゃんは跡を追うようにして、なんてことも考えたんだけど。

ま、とんだ杞憂《きゆう》に終わってる。

じいちゃんは、堀田勘一は、本当に信じられないぐらい元気だ。八十になったのに足腰が弱るどころか、この間なんか、かんなと鈴花《すずか》の二人を抱っこしてぐるっと町内を散歩してくるとか言い出すんだから。もうこっちは落としてしまうんじゃないかって冷《ひ》や冷やして、花陽《かよ》と研人に一緒に行ってくれ！　って頼んだぐらい。

いっとき、さすがに弱ってきたのかと心配した時期もあったけど、曾孫《ひまご》の二人に新たなパワーを貰《もら》ったみたいで、とにかく元気なんだ。

でも、そうでなくちゃ困るのも事実。

これでじいちゃんがいなくなってしまったら、〈東京《とうきょう》バンドワゴン〉はどうなるんだろうと思ってしまうよ。

あぁ、ま。

でも。

笑ってしまった。本当に、もしも、じいちゃんがばあちゃんのところに行ってしまっても、〈東京バンドワゴン〉にはすずみちゃんがいるから大丈夫か。なんだか最近、帳場に座ってるすずみちゃんを見ていると貫禄《かんろく》すら感じるよ。青も、いいお嫁さんを貰ったと思うよ。長男の僕としては本当に、なんていうかありがたい。心の底から良かったと思う。

「お父さん、なにしてんの」

誰もいない居間で、一人お茶を飲みながらまったりとしていたら、後ろから研人の声。

「なんだ、どうした」

「トイレ」

パジャマのまま廊下に立ってトイレの方を指差して、眠そうな、眩《まぶ》しそうな眼《め》をしてこっちを見てる。

「あれ」

視線が奥に行った。

「大《おお》ばあちゃん」

「見えたのか？」

「うん。大ばあちゃん元気ー？　あ、消えちゃった」

いつの間にか眠そうな眼がぱっちりと開いている。こいつの眼は亜美《あみ》の眼なんだよな。少し黒目がちのきれいな形の瞳。男の子は母親に似るっていうけど、本当かもな。

「大ばあちゃんと話していたの？」

座卓のところに、すとん、と座った。

「さっきな」

「いいなお父さん、大ばあちゃんと話せて」

苦笑いした。

「まぁ、そのうちお前も話せるかもな。居ることがわかったり、ときどき見えたりするんだから」

「でもさ」

「なんだ」

ちょっとだけ、不満そうな顔をした。

「大ばあちゃんだって、いつまで居られるかわかんないでしょ？」

「そうだな」

「消えちゃう前に、話してみたいんだけどなぁ」

笑って、ごしごし頭を撫《な》でた。この髪の毛は、僕譲りだよな。柔らかくてぺしゃってなってしまう髪。

「しょうがないさ。そもそもこうやって、大ばあちゃんのことがわかるってことが奇跡みたいなものなんだからな」

「あのさ」

「なんだ」

「どうして大ばあちゃんは家にいるのに、おばあちゃんはいないんだろうね」

頭を捻《ひね》るしかない。

「さぁなー。そればっかりは、おばあちゃんに訊いてみなきゃわかんないな」

研人にとってのおばあちゃん、つまり僕のおふくろ。堀田秋実。

実は以前にばあちゃんに訊いてみた。おふくろはそこに一緒に居ないのかって。そしたらばあちゃんもわからないって苦笑いしていたよ。「秋実さんは天国でゆっくり休んでいるんじゃないか」って。

別に、霊感親子ってわけじゃないんだ。そもそも僕は幽霊とかそういうものの類は、ものすごく苦手だ。我が家では藍子と亜美と研人が大好きなんだそういうの。テレビの心霊番組とか喜んで見ているし。

どうして家族の中で、僕と研人だけがばあちゃんを見たり、感じたり、話ができるのか、いまだにわからない。確かに僕は昔からカンが良くて、誰かがなくしたもののありかを当てたりはしていたんだけど。

「なんの話してたの？　大ばあちゃんと」

「うん？　まぁ、青の話とか、そんなんだ」

「青ちゃんのどんな話」

「寝ろよお前。もう十一時だぞ」

眼が冴《さ》えちゃった、と言って、座卓の菓子受けの中にあったみかんを取って皮を剝《む》き出した。

「大じいちゃんもみんなもいないし、こんな日初めてじゃない？」

確かに。家の中が、しん、と静まり返ってる。

居間に響いているのは、玉三郎《たまさぶろう》とベンジャミンとノラとポコと、そしてアキとサチの寝息だけ。アキなんか、何の夢を見ているのか、四本の脚がさっきから痙攣《けいれん》するみたいに動いている。

ばあちゃんもさっき「こんな夜は初めてじゃないかい？」と言って笑ってた。皆それぞれに用事やらお泊まりやらが重なって、研人と二人きりになってしまった夜。もっとも、隣にいるマードックさんや藍子や、それぞれがすぐ近くには居るんだけど。

「少しぐらい夜更かししてもいいじゃない」

ふっ、と笑ったその表情に思った。最近、子供臭さが抜ける瞬間があるんだ。たぶん、これから毎日のように、姿形だけは急に大人びて、というか、少年っぽくなっていくんだろう。

青もそうだったよなぁと思い出して、なんだか笑ってしまった。

「青ちゃんの、どんな話？」

眼をきらきらさせて訊いてくる。こいつは、青のことが好きだよな。カッコいいお兄ちゃんだと思って、よく青の口癖や仕草を真似《まね》したりしている。

それは、昔の青とおんなじだ。僕の後をくっついて歩いて、僕の真似をしていた青。

「青のさ」

「うん」

「この家に来たときのこととか、自分が一人だけお母さんが違うと知ったときのこととかの話さ」

もう、随分昔になったんだなぁと思う。

＊

お父さんが八歳のときだよ。そう、今のお前より小さいとき。二年生だったかな。青がうちに来たんだよ。親父《おやじ》の腕の中ですやすや眠っていたんだ。まだ生まれたばっかりの、小さな赤ちゃん。

夜だったたな。皆で晩ご飯を食べて、さぁそろそろ片付けてお風呂の用意をして、なんていうころに親父が帰ってきたんだ。

「ただいまぁ」

確か、二日ぐらい顔を見ていなかったんだ。いつものようにどこに行ってるんだかわからなくてさ。

淋《さび》しくはなかったよ。ずっとそうだったし、家はいつでも賑《にぎ》やかじゃないか。お前だってそうだろう。お父さんがしばらくいなくたって、あれ？　そういえばいないね？で済むじゃないか。

で、玄関から入ってきた親父を見て、皆が眼を丸くしたよ。赤いきれいな色のおくるみにくるまった赤ん坊を抱いているんだからさ。そう、ばあちゃんにじいちゃん、おふくろもいたし、藍子は小学校の三年生。そうそう、あの頃は拓郎《たくろう》くんとセリちゃんもいたよね。元気かなぁ、あの二人。

「この子ぉ、僕の子供なんだぁ」

おふくろに青をひょいと預けてさ、そう言うんだ。とんでもないよね。藍子はかわいい！　って叫んで青の顔をのぞきこんで、じいちゃんは「おめぇ！　どういう了見だ！」って騒ぐし。

でもね、おふくろもばあちゃんもさすがだね。ちっとも騒がなかった。ばあちゃんは親父を見て言ったんだ。

「この子のミルクとか、着替えとかそういうものは?」

「ないねぇ」

「馬鹿だねぇ、それじゃあすぐに用意しないと」

ばあちゃんはさっと立ち上がって箪笥《たんす》から布おむつを出して、そういうものが取ってあるのが不思議だよね、続けておふくろに言ったんだ。

「秋実さん」

「はい」

「まだこの時間だから、〈イケハタ薬局〉は開いているでしょう。わたしが赤ちゃんを見ていますから、必要なものを買ってきてくださいな」

「はい、お義母《かあ》さん。じゃ、すみませんお願いします」

二人でてきぱきと動き出してさ。親父は「後はよろしくねぇ、晩ご飯食べるよぉ」とか言い出してご飯食べ出して、じいちゃんは顔を真っ赤にして親父を問い詰めたけど、何も言わないんだ。ただ、「僕の子供なんだぁあ、ものすごぉく可愛《かわい》いでしょう」って。

おふくろが買い物に行ったら、ばあちゃんが親父に訊いたよ。

「我南人《がなと》」

「なぁにぃ?」

「どこのどなたさまが、この子のお母さんなんですか?」

「言えないんだぁ。でも、ちゃあんとした人で、間違いなく僕との子供だよぉ」

「この子の名前は？」

「それがぁ、まだなんだぁ」

「随分と綺麗《きれい》な顔をしてる赤ちゃんだけど、男の子なんですよね？」

「そうだよぉお」

「じゃあ、青ですね」

「青？」

「青？」

ばあちゃん、ニコッと笑ったんだ。

「藍子がいて、紺がいるんですから、次は青でしょう」

＊

「大ばあちゃん、なんでブルーばっかりにしたんだろうね」

「空ですよって言ってたな」

青い紺碧《こんぺき》の藍色の空。希望に満ち溢《あふ》れた、高く遠く青く広がる空。そういうものは、いいでしょうって笑ってた。

「そんなふうに言ってたよ」

「ふーん」

研人がみかんを食べながら首を傾《かし》げた。

「でもさ、フツーはお父さんお母さんが子供の名前をつけるでしょ？　僕の研人だってお父さんがつけたんでしょ？」

「いや、それはお母さんがつけた」

「そうだっけ？」

「そうだよ」

「でも、藍ちゃんもお父さんも青ちゃんも大ばあちゃんがつけたんだ、名前」

「そうなんだよな」

なんでも、藍子が生まれたときにおふくろが言ったそうだ。ばあちゃんに名前をつけてほしいって。

「へー、なんで」

「おばあちゃん、大ばあちゃんを尊敬してたからな」

聞いた話だけど、おふくろは若いころ、そりゃあもうやんちゃな少女だった。小さいころから親がいなくて。今でいう児童養護施設で育ったんだけど、そこから家出を繰り返して、夜の街をぶらついて、警察のごやっかいになることも数知れず。

「へー、あのおばあちゃんが？」

「聞いてなかったか？」

「知らない知らない。教えて教えて」

本人は照れてあんまり教えてくれなかったけど、なんでも地元のお巡りさんの間では、二つ名で呼ばれてたらしい。

「どんな？」

「〈二枚刃のアキ〉」

「二枚刃？」

昔のカミソリの刃なんて研人は見たことないか。

「まぁ要するにケンカのときに、指の間にカミソリを二枚仕込んで戦っていたと」

「カッコイー」

「それで、当時は今よりはるかにバリバリだったおじいちゃんと知り合ったんだ。おじいちゃんの若いころは知ってるだろ？」

「知ってる。革ジャン着たり、頭がとんがってたり」

「で、おばあちゃんもおんなじような感じでさ。家に転がり込んできたときはそりゃあもう怒って背中丸めたネコみたいに、ふーっ！　って感じだったそうだよ。でもね」

「でも？」

「大ばあちゃんが、優しく頭を撫でてくれたそうなんだ。可愛らしいお嬢さんねって。それから手を握って、こんな古くさい騒がしい家で良かったら、ゆっくりしていきなさいって。その手が本当にあったかくて、柔らかくて、おばあちゃんはなんだか急に涙が込み上げてきて、わんわん泣いたそうだよ」

自分でもわけがわからないうちに、今までの生活を、境遇を、泣きながら全部話してしまった。

「きょうぐう？」

「たとえば、自分を産んだ親の顔を知らないこと。そんな自分に世間が冷たかったこと、だから反抗ばかりしてたこと。そんなときにおじいちゃんと知り合ったこと。もう有名人になっていたおじいちゃんだけど全然偉そうじゃなくて、むしろ自分にとても優しかったこと」

おじいちゃんまーったく怒んないもんね、と研人が笑って言った。

「おじいちゃん前に言ってたよ、『僕はぁ怒るってのを忘れたんだあぁ』って」

「忘れた？　なんで」

「自分の分までたくさん大じいちゃんが怒ってくれたからだって」

笑った。確かにそうかもしれないな。あの人は、親父は、いろんなものを忘れてしまってる人だ。

欲望とか、怒りとか、悲しみとか、世間とか、常識とか。

でも、その分だけ、忘れてしまったそういうものの分だけ、なんでも受け入れてしまう余裕があるんだ。身体《からだ》にも心にも。

「おじいちゃんはね、おばあちゃんにうちにおいでよって言ったそうだよ。きっと君でも愉《たの》しめる楽しい家だからって。それでおばあちゃんは家に来たその日に、もうお嫁さんになったんだよ」

研人が、ふーん、と頷《うなず》きながら仏壇の方を見た。

「それで、青ちゃんも自分の子にしたんだ」

＊

もちろんそんなふうに青はやってきたから、お父さんも藍子も小さかったけど、わかっていた。青が、親父とおふくろの子供ではなくて、親父とどこかの女の人の子供なんだってことはね。

でも、そんなことどうでも良かったんだよ。

お父さんは弟ができて単純に嬉《うれ》しかったし、藍子もそうさ。新しい弟が、可愛い顔をした弟ができて嬉しそうだった。

いや実際本当に美しい顔をした赤ちゃんだったからね、青は。まぁあの二人の子供なんだから当然といえばそうなんだけど。

お父さんのことを、「コンちゃん、コンちゃん」って呼んで、どこに行くんでもくっついてきた。少し、淋しがり屋だったかな？　あいつが五歳のころには、もうお父さんも藍子も中学生になって、帰りが遅くなったりしていたから。

帰ってきたら、もう玄関まで飛んで走ってきて、ぶつかってきたよ。「お帰りー！」ってニコニコ笑って。

それでも、やっぱり血は争えないというか、感受性っていうのか、そういうのが強い子だったんだろうな。

じいちゃんもばあちゃんも、もちろん親父もおふくろも、青と藍子とお父さんを同じように可愛がってくれてたけど、自分だけが少し違うというのは、自然に感じていたのかもしれない。

たとえば、顔立ちとかね。

そうそう、お父さんの顔の形は親父似だし、藍子はおふくろに似ているだろう？　でも、青は、親父にもおふくろにも似ていないんだ。あの人によく似ているよね。大きくなればなるほどそれがはっきりしてきた。なんといっても、男にしてあの美貌だからね。余計目立つんだよ。

青が、中学二年生のときだ。夏休みの前の日でさ。お父さんはもう大学の四年生で家の手伝いをしたりしていたころ。

珍しく親父も家にいて、皆で晩ご飯を食べていた。

よく覚えてるよ。蒸し暑い晩でさ。こういう夜には辛いカレーだ、とかいって、本当に辛いカレーを食べていた。あと、おふくろの得意料理だったタマゴかけサラダね。

中学生になった青は、なんていうか、少し孤独を愛するようなところがあったかな。小学生のときみたいに僕や藍子に甘えることもなくなっていった。そうそう、スカウトされてテレビドラマや映画なんかに出たころだよ。結局二、三回だったよなテレビドラマに出たのは。

うん、本人はあの世界に合わなかったって言ってたけど、思えば、それが原因だったんだよな。

「あのさ」

スプーンを置いて、青が言ったんだ。誰に言うともなく。

「オレって、もらわれてきた子供？」

びっくりしたよ。もうお父さんなんかは、そんなこと頭の中から消えてたから。あたりまえのように兄弟の気持ちになっていたからね。そういえばそうだった、なんて思ってしまったぐらい突然で。

あまりにも唐突過ぎて、誰も、あのじいちゃんでさえ「なにバカなこと言ってんだ、てめぇこの暑さにやられたか？」なんてふうにとぼけることもできなかった。

でも、親父だけが、パクッ、とカレーを食べて言ったんだ。

「そうだねぇ」

さらにもう、皆が眼を丸くしたよ。拓郎くんなんか飲んでいた水を噴き出してしまって、それがじいちゃんの顔にかかっちゃってじいちゃんはカレーをこぼして大騒ぎになってさ。おふくろは思いっきり親父を睨《にら》んでいた。

でも、親父は、ぱくぱくとカレーを食べながら言ったんだ。

「君はぁ、僕とぉ、ある女性の間に生まれた子供だよぉ」

青は、眼を細くして、じっと親父を見ていた。

「つまりぃ、藍子や紺とは、異母兄姉弟《きょうだい》になるんだねぇ」

青はそれを聞いて、黙って、親父を見つめて、「そっか」って頷いて、それでまたカレーを食べ出した。皆は、さてこれはどうやってフォローすればいいもんだか、全然わからなくてさ。でも、青本人が何も騒いだりしないもんだからそのままになってしまって。

その頃は、お父さんと青は二人で一緒の部屋だったんだ。そうそう、あの続き間に二段ベッドを置いてね。藍子は八畳間の方で一人。

カレーを食べ終わって、たいして観《み》たいテレビもないし、皆は何にも言わないままで、さてこれは部屋に戻ったらどうしようかと考えていたら、新聞拡《ひろ》げたじいちゃんがアイコンタクトしてきた。

（おめぇにまかせる）

明らかにそういう眼をしていたんだ。ええっ？　ていう顔をしたら、今度はおふくろも僕にアイコンタクトしてきた。

（よろしくね、紺）

続けて藍子も。

（男は、男同士で）

ばあちゃんも。

（しっかりやりなさい、長男）

そんな感じで後片付けに皆いなくなってしまってさ。でも、親父が煙草《たばこ》に火を点《つ》けながら言ったんだ。

「青ぉ」

「なに」

「他に訊きたいことはぁ？　何かある？　と言っても、産みの母親が誰かは言えないけどねぇ」

青は、小首を傾げて、少し眉を顰《ひそ》めた。

「ない、かな」

青はそう言って立ち上がって部屋に戻っていったから、お父さんも後をついていったんだ。二階への階段を二人でギシギシ音を立てながら上ってさ、廊下を歩いて部屋の扉を開けて、中に入った。

青は何も言わないから、訊いた。

「青」

「ん？」

「何で、あんなこと訊いたんだ？　誰かに言われたのか？」

誰かが知ってるはずはない。と言っても、たとえば祐円《ゆうえん》さんとか康円《こうえん》さんとかご近所さんのごく親しい人は、わかってる。だってあの日にいきなり家族が増えたんだからね。でも、わざわざ青に言うような人なんかいないはず。

青は、二段ベッドの下にもぐりこんで、寝転がった。

「前に、撮影所でさ」

「撮影所？」

その言葉を聞いて、ピンと来てしまった。そうか、撮影所でなら、親父にいきなり新しい子供が増えたことを疑問に思う人もいるか、と。そしてそういうことを、悪意で青に訊いてくるような人間も。

「言われたんだ。『青くんは、産みの親を知ってるの?』ってさ」

悔しそうな顔をした。

「何のことかまるでわかんなくてさ。そしたらそいつが『僕は我南人さんのことをずっと追ってるから、知ってるんだよ』って」

「何を!?」

「オレが、堀田家にもらわれてきた子供だってことを」

青が、がばっと起き上がった。

「なんだかアタマに来ちゃってさ。オレ、そいつの胸ぐら摑《つか》んでさ。ぶん殴っちゃったんだよね。ケリも二、三発入れた」

うわぁ、と思ったよ。そうなんだ。青はあんな美少年顔なのに、ガタイはいいし運動神経もいいし何よりじいちゃん譲りで喧嘩《けんか》っ早いところもあったんだ。普段はそんなところまったく見せなかったけど。

「そんときは、マネージャーさんとかが飛んできて、向こうもまぁ子供をからかったってことで出入り禁止にさせられたらしくて、それで済んだんだけど、それから、ずっと考えていたんだ」

大きく息を吐いて、青は僕を見たよ。中学生になって急に大人びてきたけど、まだまだ可愛い、女の子のような愛らしい瞳で。

「紺ちゃん」

「なに」

「オレって、誰の子なんだろうね？」

もちろんそのときはわからなかった。親父が何も言わないんだから、知りようもない。

だから、言ったんだ。

「訊いてみたら？」

「誰に」

「親父に」

「言わないって、さっき言ってた」

青は、末っ子だから、やっぱり甘えん坊で、僕や藍子のいうことをよく聞いて、良い子だったんだよ。でも、わかってた。それは、自分が小さくて、どんなにぶつかっていっても皆に軽くいなされてしまうから自然にそうなったんだって。

それと、青は優しい兄である僕が大好きだったからね。そういう男になろうって思っていたんじゃないかな。それはそれで嬉しいけど、でも。

本当の青は、もっと激しい、じいちゃん譲りの頑固で気が強くて熱い魂を持った男の子だって僕はわかっていたんだ。

だから。

「もっと、訊けばいいじゃないか」

「もっと？」

「我慢しないで、敵《かな》わないって思わないで、ぶつかっていけばいいんじゃないか？　どうしてそんな大事なことを、そんなふうに済ませるんだって。オレのことなんだからきちんと話してくれって」

青の手を掴んで、ベッドから引きずり出した。大きくなったけど、まだ全然小さい弟。

「お前ってさ、その気になったら、きっとこの家の誰よりも強いんだぞ？」

「強い？」

「強いさ。だって、この家の他の誰が百メートル十秒台で走れる？　誰が屋根から飛び降りて平気でいられる？　誰が空中回転やバック転ができる？　そんなことできるの、この家の男でお前だけなんだぜ？」

青の眼が、真ん丸くなった。

「親父にぶつかっていきゃいいじゃないか。親父はああいう人だから、どんなにぶつかっていってもふわふわ逃げちまうかもしれないけど、体力は絶対お前の方があるんだから、捕まえるまで追いかけりゃいいじゃないか」

「いいの？」

「いいんだよ！　ガンガンやってこい！　どうしてそんな大事なことを今まで黙ってるんだって怒鳴ってこいよ！　あんたはそれでも父親かよって殴りかかっていけよ！　でもその前に」

最後の言葉を言う前に、青は眼を輝かせて頷いて、僕の横を風のように通り過ぎていったさ。

思わずいやその前にちょっと待てってって手を伸ばしたけど間に合わなくて、まぁ、でも大丈夫かなってちらっと思ったけど。

案の定、大丈夫じゃなかった。

＊

「どうなったの？」

「そりゃもう、大騒ぎ。どたーん！　ばしーん！　って音が下から響いてきたから慌てて下に降りていったら、襖《ふすま》は破れて折れて吹っ飛んでいるし、障子は全部壊れているし、茶簞笥は倒れているし」

「青ちゃんは!?」

「床に転がってた」

「おじいちゃんは!?」

親父は、親父だ。

「言う前に青は飛んで行っちゃったんだけどさ、親父はあれでも昔は相当ならしたから気をつけろよって。っていうか、親父はあのじいちゃんと長年渡り合ってきたんだから、戦いの年季が違うよ。涼しい顔して座卓の上に座って、煙草吹かしてた」

すっげー、と研人が手を叩《たた》いて笑った。

「おじいちゃん、なんて言ってたの」

親父は、床に転がって痛そうに顔を顰《しか》めて藍子に大丈夫? とか言われている青に向かって、ニコニコしながら言った。

「『知らなかったけどぉ、青ぉ、紺よりもぉいい筋してるねぇ。やっぱり堀田家の男の血を引いているんだねぇぇ』ってさ」

「大じいちゃんは?」

「頭をぼりぼり掻《か》いて、肩をすくめてたよ。『俺に言わせりゃあ、我南人。おめぇもまだまだだ』って。もし俺が相手をしたら、こんなに周りを壊さないし手間ぁかけさせないってさ」

ケタケタ笑って研人が喜ぶ。

「でもさぁ、お父さん」

「なんだ」

「青ちゃんって確かその頃、グレたんでしょ？　それはやっぱりそのせいで？」

グレたって、お前小学生のくせに古い表現をするのは、やっぱり年寄りと住んでるせいかね。

「そうだなぁ」

確かに、荒れたな。

＊

親父と派手な喧嘩をしてそれで落ち着くかなぁって思ったんだけど、青はその日からどんどん無口になっていったな。まぁしょうがないと思うよ。自分だけ母親が違うっていきなり知らされてさ、それで親父が少しでも気を遣ってくれるかと思えばそれまでとまったく変わらないしね。もちろんそれなりにお父さんたちは気を遣っていたんだけど。

何ていうかな、青にはいろんな才能があった。

スカウトされて俳優をやったのもそう。本当に兄の贔屓目《ひいきめ》じゃなくあいつの演技は良かったんだよ。それにとにかくモテた。もともとの甘いマスクに精悍《せいかん》さが加わって、背も伸びてスポーツ万能で、バレンタインデーには業者かってぐらいチョコレートを抱えてきてた。音楽もさ、親父があぁだからギター抱えてやってみたりもしていたんだ。それなりに歌も巧《うま》かったんだけど。

でも、そういういろんな、それこそ親父やお母さん譲りの才能のやり場を、自分の中でどうしても見つけられなかったって感じかな。何をやっても親父と比べられる、じゃなくて自分で比べてしまっていたんだろうな。

一度、こんなことを訊いてきたんだ。

「紺ちゃんは悔しくない？」

「悔しい？」

そのときの青は、何ていうか本当に悲しそうな眼をしていた。

「紺ちゃんだってさ、親父の息子じゃん。だからさ」

だから、って言ったきり言葉がでてこなかったみたいだ。何を言いたいのかよくわからなかったけど、お父さんなりに考えて答えたんだ。

「比べても、しょうがないよ」

そう言ったら、唇を噛《か》んでいた。

「青は青だし、俺は俺だし、親父は親父。追いつくとか追い越すとかじゃなくて、親と子といったって、その道は違ってあたりまえなんだと思うぞ」

お父さんはもう大学生だったからね。自分の進むべきところがおぼろげながらも見えていたっていうのもあったからの言葉だったんだけど、それでも、まだ子供だった青は納得できなかったんだろうなぁ。

悪い先輩に誘われて夜の街に出掛けて、そのうちに暴走族の集会に顔なんか出しちゃって、バイクの後ろに乗っかって走り回った。別に暴走族に入ったわけじゃなかったんだ。単に誘われてふらふらと乗っかっていただけ。それでも、親父に対する反抗や反発の気持ちはあったんだろうな。親父が毎日ふらふらしているんだからオレだっていいじゃないか、みたいな感じ。

心配はしていたし、注意はしたんだけど、何かなぁ、どっかで大丈夫だって気持ちはあったな。絶対に、青は最後の一線は越えないって確信みたいなもの。

そう、そんなときにあの事件があったんだよな。

暴走行為で暴走族が一斉検挙されたときに青もその場に一緒にいて捕まってしまって、警察から家に呼び出しの電話があってさ。

実はお父さんも警察署に青を迎えに行ったんだ。おばあちゃんと一緒にね。当然親父にも呼び出しが掛かったんだけど生憎《あいにく》とツアー中。ちょうどその日は埼玉でコンサートをやっていて、たぶん打ち上げとかしてる最中に連絡が入ったはずだよ。

まったくやらかしてくれるよな。こっちはおばあちゃんと一緒に、警察署の三階で青を真ん中に挟んで神妙に警察の人の話を聞いていたのさ。そうしたら、いきなり大きなクラクションの音が鳴り響いて、何事かって皆で窓から外を見たら、親父のツアー用の十トントラックが警察署の玄関前の駐車場に横付けさ。

それを見た途端に覚悟したよ。

あぁ、親父がやっちまうなって。

案の定、ガルウィングがグワーッと開いたと思うと、そこには親父のバンドの〈LOVE TIMER〉の皆がスタンバってて、親父がいきなりエレキギターを掻き鳴らし始めて、そして歌い出した。

まさにゲリラライブが始まってしまったんだ。そういえば、日本でああいうゲリラライブをやったのは親父が初めてだったんじゃないかな？

おばあちゃんか？　おばあちゃんはもう、慣れたものさ。何にも言わないでちょっと笑みを浮かべながら「しょうがないわね」って顔をしてた。

青も、何も言わなかったな。びっくりした顔をして眼を丸くして、でも親父の歌をじっと窓の前に立って聴いてた。

警察も、まぁ粋なところもあったな。途中で止《や》めさせるかと思ったら曲終わるまで待ってたんだ。親父が最後にギターをギャーン!!　って掻き鳴らして、ギターを置いてトラックからひょいと飛び降りたんだ。それから皆わらわらと親父を取り囲んで。

我慢できなかったんだろうな。青は、急に窓を開けて、叫んだんだ。

「親父！」

よく見えなかったけど、たぶん、泣いてた。

親父はそこで上を見て、青を見つけて、笑ったよ。警官に囲まれながら思いっきり右手の拳《こぶし》を突き上げて、親父も大声を出した。

「青！　ロックンロール!!」

もう、その日から、青はすっかり毒気を抜かれたみたいになってさ、今の青になったんだよ。本人は「何をやっても敵わないからあきらめた」って言ってたけど、違うんだ。

わかったんだよ。

親父のそのとんでもない行動は、青を守るためのものであり、同じ場所に立つためだったってね。

自分のために、愛する息子のためにそんなとんでもないことをしてくれたんだってことを、あいつは理解したんだよ。

＊

まったくねぇ、と研人はおもしろそうに笑う。親父の武勇伝は何度聞いてもお前おもしろがるよね。

「でもさぁお父さん」

「なんだ」

「それこそさー、お父さんは悔しくなかった？　青ちゃんの方が堀田家の男の血を引いてるとか、筋が良いとか、才能があるって言われて」

「んー、そんなことはまったくなかったな」

「どうして？」

だって。

「ほら、お父さんは堀田家の頭脳だからね。後ろに控えて、肉体労働や派手なことは皆に任せておくのが性《しょう》に合ってるんだ。それに」

「それに？」

お前は知らないだろうけど。

「じいちゃんの話ではね、お前のひぃひぃじいちゃんで、我が家の家訓〈文化文明に関する些事《さじ》諸問題なら、如何《いか》なる事でも万事解決〉を作った草平《そうへい》じいちゃんに、僕はそっくりなんだそうだよ」

「へー」

あの頑固者のじいちゃんが僕の言うことなら意外と素直に聞いてくれるのは、僕を見ていると、頭が切れてカンの良かった草平じいちゃん、つまり、じいちゃんにとってのお父さんを思い出すからなんだそうだ。どうしても親父に言われているような気がするんだってさ。

　案外、僕や研人が、ばあちゃんと話をしたり姿を見たりできるのも、とにかくカンが鋭かったっていう草平じいちゃんからの遺伝なのかもしれないなと思う。

「草平じいちゃんかぁ」

「うん」

　研人が、頭を横に寝かせて、仏間の欄間のところに掛かる、草平じいちゃんと美稲《みね》ばあちゃんの写真を嬉しそうに眺めた。

「僕はどっちかなぁ。勘一じいちゃんか、草平じいちゃんか」

　笑った。どっちなんだろうな。とりあえず今のところは喧嘩っ早くはないみたいだけど、さほど成績がいいわけでもないしな。

　案外、いちばん親父の、ゴッド・オブ・ロック我南人の血を引いてるのは研人かもしれないなって思う。何ていうか、雰囲気が似てきたような気もする。

「さ、もう寝よう」

「うん」

　明日も早い。

〈東京バンドワゴン〉は、年中無休。
いつでも、戸を開けてお待ちしております。

散歩進んで意気上がる

堀田すずみ

梅雨《つゆ》が明けた！　と、思ったらとんでもない暑さが続いてます。

こうとんでもない暑さが続くと、本当に旦那さんは大丈夫かしらって心配になるんですけど、どうやら旦那さん、昔っから暑さには強くて夏バテなんかしたことないようです。

でも、そうはいってもね、もう八十を越えているんですからね。

だから藍子さんや亜美さんと三人でいつもご飯には気を遣っているんですよ。夏バテしないように酢の物は欠かさないようにしたり、豚肉やにんにくを使った献立にしたり、水分はきちんと摂《と》ってもらうようにしたり。

でも旦那さん、いっつも自分のオリジナルな味付けにしちゃうのは困ったもんなんですけど。

話を聞くとあれはですね、その昔にマヨネーズが一般家庭に普及した頃、旦那さんはもうハマりまくって、いわば元祖マヨラーになったそうなんです。それで何にでもマヨネーズをかけたのに、大ばあちゃん、サチさんがぷんすか怒ってしまってマヨネーズを禁止したとか。それで、それからいろんなものを何にでもかけて試してみるようになったとか。

「すずみちゃん、おはよう！」

「おはよう研人くん」

あ、洗面所に飛び込んでいった研人くんと花陽ちゃんが騒いでる。また研人くんが花陽ちゃんにちょっかいを出したんだね。

やたらと人数の多い堀田家なんだけど洗面台はひとつしかなくて、使う順番がちょっと狂うと大騒ぎになっちゃうんです。

我が家でいちばん朝の早い旦那さんは起き抜けにさっさと顔を洗い歯も磨きます。その後に、藍子さんと亜美さんとわたしが続けて洗って朝ご飯の支度を始めて、その後に学校に行く花陽ちゃんや研人くんが起こされて洗顔。歯磨きは食事の後にしていきます。お義兄《にい》さんや青ちゃんや、お義父《とう》さんといった大人の男性陣は、ご飯を食べた後にゆっくりと順番に使います。定時に出かけなきゃならないサラリーマンがいないから、その辺は楽ですね。

さて、いつものように、朝から賑やかな堀田家の朝食です。

今日はトースト。毎年藍子さんや亜美さんが手作りしていたいろんな果物のジャム、今年はわたしも挑戦して冷蔵庫に保存してあります。卵は目玉焼きにしてベーコンも一緒に焼いて、サラダは昨夜作り置きしておいたマカロニサラダにレタスにトマト。スープは玉葱人参《たまねぎにんじん》じゃがいもキャベツが入ったミネストローネを作って、それにコーヒーと冷たい牛乳。

みんな揃《そろ》ったところでいただきます。だけど、トーストはいっぺんに四枚しか焼けないので、順番待ち。

あ、旦那さんだけは昨夜の残り物の白いご飯です。

食べ始めるのはもちろんみんなで一緒ですけど、食べ終わるのは当然それぞれ違います。我が家でいちばん早いのは、旦那さん。

早飯となんとかは芸の内、なーんて言いますけど、ゆっくり噛んで食べるのが健康にはいいんだけど、性分なんでしょうね。せっかく時間を掛けて作った料理もあっという間に食べ終えてしまうので、サチさん、結婚した頃には作りがいがないわ、ってこぼしていたそうです。あ、これは祐円さんに聞きました。

「ほい、ご馳走《ちそう》さん」

旦那さんはいつも最後にお茶碗《ちゃわん》にお茶を注いで、しゃかしゃかと掻き回してそれをぐいっと飲み干します。お行儀が悪いのでやめてくださいって藍子さんもよく言ってますけど、馬鹿野郎米粒ひとつもムダにしない生活の知恵だってて旦那さんは笑います。

よっ、と腰を上げて、自分のお茶碗やら皿を持って台所へ。我が家では家主であろうと、自分の食器は自分で片付けるのが決まりです。

新聞を持って帳場に腰掛けた旦那さん。煙草に火を点けて、新聞を拡げました。

今日も古書店〈東京バンドワゴン〉の一日が始まります。

古本屋稼業なんてのはその辺の会社員の皆さんに比べたら楽なもんだ、って旦那さんは言ってます。もちろん経営は苦しくて金勘定に追われてますけど、それでも、好きな古本に囲まれて日々を過ごしてるんだから、苦労なんか屁《へ》でもねぇって笑ってます。辛《つら》い仕事でも笑顔を作って毎日頑張ってる人のために、少しでも日々の慰めになるようないい本を、真っ当に真っ正直に売り買いしていかなきゃならねぇ、と言ってました。その通りだと思います。

「はい、旦那さん、お茶です」

「おっ、ありがとよすずみちゃん」

同じように食事を終えたお義兄さんが顔を出しました。

「そういえばじいちゃん、探していた本があったよ」

「うん？　どれよ」

古本屋を商売にしていると、探している本が常にたくさんあります。もちろん旦那さんも自分で探すことはありますし、わたしも探しますけど、主にお義兄さんがそういうことをやっています。

「昨日の夜に持って帰ってきたんだけど、じいちゃんもう寝てたから」

そう言いながらお義兄さんが棚から紙袋を取り、旦那さんに手渡しました。どれどれ、って呟《つぶや》きながら、旦那さんが袋から本を取り出しました。

「おっ！　こいつか！　あったか！」

にっこり微笑んで、嬉しそうにお義兄さんの肩を叩きました。嬉しいんですよね本当に。興味のない人にはちょっと判《わか》り難《にく》いかもしれないですけど、もうこの世にはないかもしれない、っていう古い本ほど、見つけたときの喜びは格別なんですよ。

「よく見つかったと思うよこれは」

「まったくだな。諦めていたけどよぉ、間に合って良かったぜ」

「間に合った？　ってなんですか旦那さん」

「いやなにこっちのこった」

にやにやしながら本を開きます。覗《のぞ》いてみたら、これがまた相当古い本でした。

「『小説宝玉《ほうぎょく》』じゃないですか」

「おう、そうよ」

その昔に推理小説なんかを載せていた文芸誌です。こういう雑誌は残りにくいんですよね。

「いつごろのですか？」

「こいつはな、昭和三十三年十月号だな」

昭和三十三年となると、旦那さんもまだ三十代の頃ですね。

「まぁ見てみろこの目次」

お義兄さんと二人で覗き込みました。

「すごいですね。中島河太郎《なかじまかわたろう》さん、島田一男《しまだかずお》さん、高木彬光《たかぎあきみつ》さん！」

「豪華なメンバーだよね」

目次のページにはそういう作家の名前の他に、〈新人コンテスト〉っていう古めかしい呼称で、懸賞付きの推理小説の募集をしてたようで、入賞作品のことも書いてありました。

「〈土合英昭《どあいえいしょう》〉の『空家《あきや》の少女　真夏の女』ですか」

聞いたことのない作家です。旦那さんが、うむ、って頷きました。

「それでな、紺。この〈新人コンテスト〉の入賞作品、〈土合英昭〉の『空家の少女　真夏の女』のところだけよ、コピー取ってくれや。二部な。読みやすいように裏表コピーにしてよ」

「わかった。うちでスキャンしてプリントアウトでいいよね」

「いいぜ。読みやすいように少し拡大してな。その前によ、二人ともちょいと読んでみろよ。短編だからすぐに読めちまうからよ」

「はーい」

お義兄さんと二人で読み始めました。

古い時代の小説を楽しむのは、これでなかなか難しいんです。今とは違う言葉遣いや仮名遣い、そして時代背景の知識がないと、何のことかわからなくてちんぷんかんぷんになってしまいます。そしてさらにそれが推理小説になると、今の時代の複雑極まりない、おまけに刺激の強いものを読み慣れていると、随分物足りなく感じてしまうこともあります。

でも、この物語は。

お義兄さんが、うん、と頷きながら旦那さんを見ました。

「これは、上手だね。すごく巧みな物語」

「そうだろ」

「この時代にこういう推理小説は、かなり前衛的というか、アンフェアだって捉えられたんじゃないですか？」

訊いたら旦那さん、我が意を得たりって感じで大きく頷きました。

「主人公が幼いころに空家で出会った〈舞子〉。そこで幾日かを過ごした主人公は舞子と幼い恋をして結婚の約束をする。ところが〈空家の少女〉である〈舞子〉は忽然《こつぜん》と姿を消してしまう。主人公が訪れるとそこはもう〈空家〉ではなかった。見知らぬ家族が住んでいた」

「うむ」

「それから長じて新聞記者になった主人公が、真夏のある日の事件で出会った妖艶な〈真夏の女〉も〈舞子〉なんですね。主人公はあの幼い舞子の面影を彼女に見る。そして彼女も主人公のことを知っていた。読者は完全に〈空家の少女〉と〈真夏の女〉の舞子は同一人物だと思い、繰り広げられる遺産相続事件の悲劇のヒロインだと思い込むけど」

「物語の結末は、〈真夏の女〉の舞子に出会ったのは主人公だけであり、それは全て妄想の結果だと決めつけられ、主人公なのに事件の終焉《しゅうえん》を知らずに病院に送られる、と。その陰で、何も知らない主人公を隠れみのにして、彼女による見事な復讐劇《ふくしゅうげき》が執り行われていた、と。巧いよね。ミスリードのさせ方が新人とは思えないよ。熟達の士みたいだ」

思わずお義兄さんと二人で語っちゃいましたけど、お義兄さんがちょっと首を捻りました。

「この人、この辺に住んでいた人なの？　物語の舞台が随分ここら辺りの近場が多いよね」

そうそう、わたしもそう思いました。旦那さんがにやりと笑いました。

「まぁそいつはな。ちょいとした秘密だ」

そのうちに教えてやるぜって。

＊

次の日の朝です。

「さて、と」

朝ご飯をさっさと食べてしまい、後片付けした旦那さんは外出着に着替えています。白い半袖シャツにクリーム色のコットンパンツ。白い柔らかな帽子を取り、ぽんと頭に載せます。昨夜のうちに用意しておいたのか、クリーム色の帆布の鞄《かばん》を肩に掛けて、財布と煙草をポイと無造作に入れます。いつもは荷物なんざ持ちたくないって、手ぶらで出かけることを良しとするのに珍しいですね。

さらに首に茶色い革張りのポラロイドカメラ。あれは青ちゃんのよね。

研人くんが訊きました。

「大じいちゃんどこに行くの」

「お見舞いさ」

「お見舞い？」

「誰か具合悪いの？」

今度は花陽ちゃんが訊きました。

「大じいちゃんの幼馴染《おさなな》《じ》みの勇造《ゆうぞう》な」

あぁ、と花陽ちゃんが頷きました。

「あのおじいちゃん」

「まさか、死んじゃうの？」

思わず笑ってしまいました。研人くん、素直過ぎ。旦那さんも苦笑いです。

「そうさなぁ、もうちょい大丈夫だと思うが、もう年だからなぁ。大じいちゃんより一つ上だ」

勇造さん、昔は三町ほど向こうにあって三代続いた老舗の〈長寿庵《ちょうじゅあん》〉という蕎麦屋《そばや》さんのご主人だったと聞きました。

「辛口のつゆがそりゃあ旨《うま》かったんだが、跡継ぎもいなくてなぁ」

「隣町の老人ホームにいたよね？　前に本を届けていた」

「そうだそうだ。よく覚えてるなおめぇ」

その老人ホームに我が家の本を貸し出したこともあって、その中の一冊の本が原因でちょっとした騒ぎになりましたよね。研人くんも関係したので覚えていたんじゃないかしら。

「そうさなぁ」

旦那さんがわたしを見ました。

「すずみちゃん、ちょいと一緒に行かねぇか」

「わたしですか？」

青ちゃんと顔を見合わせます。

「いいですけど」

「店の方は大丈夫だよな？　青」

「まぁ俺もいるし、兄貴もいるし」

それを聞いていた亜美さんが頷きました。

「この暑さだから、むしろすずみちゃんが一緒に行ってくれた方が安心かも」

そうそう、って藍子さんも頷きます。もちろん、ご一緒するのは全然構いませんが、お見舞いに行くのにポラロイドは何に使うんでしょう。

「よし、じゃ頼むぜすずみちゃん」

＊

旦那さん、どこへ向かうのかと思えば、まずは祐円さんのところの神社でした。

「よぉ」

「お早うさん」

ジャージ姿の祐円さんが、庭箒《にわぼうき》で境内の掃除をしていました。ここの神社は猫ちゃんがすごくたくさんいるんですよね。今も十匹ぐらいいて、旦那さんやわたしのことを眼で追ってる猫も何匹かいます。

「すずみちゃんも一緒かい」

祐円さんが言って、旦那さんが頷きました。

「いい機会じゃねぇかって思ってな。すずみちゃんも、すっかり古本屋の看板娘だからな。いろいろ知っといてもらうのに」

「おお、そうだな」

どれ、と言いながら二人で本殿への階段のところに座ります。祐円さん、持っていた庭箒を、傍らにあった石灯籠に立て掛けました。じゃあ、とわたしはその一段上で二人を後ろから眺めます。

「ほら、こいつだ」

「おお懐かしいなぁ、おい」

旦那さんが鞄の中から出したのは、お義兄さんに探してもらったあの『小説宝玉』です。そうか、これを荷物に持ってきたんですね。

でもなんでそれを祐円さんに？

「で、こいつが〈土合英昭〉の入賞作品『空家の少女　真夏の女』のコピー」

よし、と言いながら祐円さんが受け取ります。知らないうちにあちこちにピンクの付箋がついていました。祐円さんがそれを捲《めく》りながら、感慨深げな顔つきで読んでいきます。

ちょっと驚きました。だって祐円さんが小説を読むなんて。うちに来てもいつも雑誌しか手に取らないのに。

「思い出すもんだなぁ。四十年以上も前に読んだ作品でもよ」

「まったくだ。俺は昨夜読みながらよぉ、なんだかついでにいろんなこと思い出しちまってな」

「若き日の過ちを恥じて枕を濡《ぬ》らしたってか」

「馬鹿野郎ぉ」

二人で大笑いしています。何が何だかさっぱりわかりませんけど、とりあえず二人が楽しそうなのでわたしも笑います。

でも、どうやらこの〈土合英昭〉さんというのは、二人の共通の知人みたいで。

あれ？

「旦那さん」

「おうよ」

「勇造さんのお見舞いに行くって言ってましたよね」

「そうだぞ」

「それで、祐円さんと二人でこの小説で盛り上がっているって」

そして〈土合英昭〉っていう作家さんはこの辺の人ってことは。

「まさか、勇造さんが〈土合英昭〉さんって話では」

旦那さんがにやっと笑いました。

「さすが、すずみちゃんは察しがいいな」

「そうだったんですか？」

でも、今までも勇造さんの話題が出ることはときどきあったのに。

「小説家だったなんて、今まで一言も」

うん、と、旦那さん頷きます。

「まぁそれもこれも、最後まで付き合ってくれればわかるってもんさ。さて、じゃあ行くかい」

「おおよ」

祐円さん、準備してあったのか、本殿の入口に置いてあった真っ赤なステンレスの水筒を取って、肩に引っ掛けます。それを見て旦那さんは顔を顰めました。

「なんだよ、そのジャージのまんまで行くのかよ」

「いいだろ。孫に貰ったんだよ」

「元神主なんだからそれらしくできねぇのかよおめぇ」

「まさか散歩に狩衣《かりぎぬ》着て歩けないだろうよ。いいじゃないかよ楽なんだよこれ。おっ、そうだすずみちゃん、ちょいと試しに写真一枚撮ってくれ」

「あ、はい」

旦那さんの首に掛かっていたポラロイドカメラを受け取りました。旦那さんと祐円さんが、本殿を背にして二人で肩を組みます。

「いいですかー。はい、チーズ」

パシャリ、とシャッターの音がして、ジー、と音がしてフィルムが出てきます。うん、やっぱりポラロイドっていいですよね。デジタルカメラは確かに便利なんだけど、こういう味があるものはずっと残って欲しいなぁ。

「おお、写ってる写ってる」

だんだんと姿を現す自分たちを見て、旦那さんと祐円さんが笑います。

「よし、行くぜ」

「おお」

この辺りは本当にお寺が多くて、祐円さんの神社の小さな鳥居を出ると、すぐ眼の前にはお寺の門があります。角を曲がればその先にもお寺。古びた土塀や板塀、竹垣がぐるりと取り囲んでいますから、慣れない人は自分がどこにいるのかわかんなくなりますよね。わたしも歩いていて気がついたらどこかのお寺の境内に入っていた、なんてこともありました。

旦那さんと祐円さん、なんのかんのと話しながらゆっくり歩いていきます。わたしもその後からゆっくりついていきます。掃除に出ていた小僧さんや住職さんなんかと挨拶して、笑いながら立ち話もしていきます。

なんだか、いい散歩。

こんなふうに旦那さんと歩くの、ひょっとしたら初めてかも。

二人は寄り道しながらも、どんどん進みます。いったいどこまで歩いていくのかちょっと心配。わたしはお陰様でまだ若いですからいくら歩いても平気だけど。でも、この二人も、とても八十とは思えないほど元気です。

三十分ほども歩いて、二人が立ち止まったのは、大きな欅《けやき》の木がある小さな公園。ここには来たことなかったなぁ。

「まぁよ」

旦那さんが、溜息《ためいき》交じりに言いました。

「改めて見ると、本当に大きな家だったんだよな、ここは」

「そうだなぁ」

家ですか？

戦争前に旦那さんがほんの少し通ったっていう医学校が、大学の医学部となってこの先にあります。この公園のところに誰かの家があったんでしょうか。とすると、相当に大きなお家。邸宅と言ってもいいぐらい。

「美人さんだったよな、藤子《ふじこ》ちゃん」

「そうさな」

藤子ちゃん、って誰だろう。でも、訊かないでおこう。二人はしみじみ話しているし、きっと最後に全部わかるんだ。

「まぁそこの欅を撮っておくか。これが目印になってたものな」

「そうそう。小《ち》っちゃい頃に、何度か登ったよなこれには」

本当に大きな欅の木です。ぽっかり空いた敷地に、木はすっくと天に向かって伸びています。旦那さんがカメラを構えました。

「おい、ついでにおめぇ入れや」

「あいよ」

「あ、わたしが撮りますか」

「いや、ここは祐円一人でいいぜ」

祐円さんがささっと走って木のたもとに行って、木に凭《もた》れるようにポーズをします。

「いらねぇよ、そんな日活映画みてぇなポーズは」

本当だ。旦那さんが笑いながらシャッターを切りました。

今度は来た道を少し戻る感じで、大学の職員住宅の横道を通り抜けて、さらには敷地内の裏通りをひょひょいと柵を越えて抜けていくけど、ここって本当は入っちゃダメな場所ですよね。まぁ祐円さんはこの辺の顔役だからいいんだろうけど。

「ここら辺りは面影はあるな」

「おう。そこだよな、そこを抜けるとよ、ほらあった」

「わ、古いお家ですね」

我が家とどっこいどっこいのお家。新しく建てられたアパートとお家の間に挟まれた小路《こうじ》の奥に、ひっそりと門代わりの格子戸が見えます。たぶんもう随分長い間、人が住んでいないんだろうな。夏の陽差《ひざ》しに荒れ具合がとても淋しく映ります。

「誰も居ねえんだよな？」

「だな」

旦那さんが遠慮がちに格子戸を開けようとしたけど戸がすっかり渋って、両手で開けなきゃなりませんでした。小さな庭もあるけど、草が伸び放題。

陽があるうちはいいけど、夜は何かが出そうで絶対来たくない感じ。旦那さんは、ここでもカメラを構えたけど、祐円さんが言いました。

「今度はおまえさんが入れよ」

「おお、そうか」

祐円さんがカメラを持って、旦那さんが庭の手前に佇《たたず》みます。

「チーズっ」

にかっ、と笑ってピース。旦那さんが二、三歩進んで雨戸をトン、と叩きました。

「さすがに家の中には勝手に入るわけにはいかねぇな」

「ああ」

祐円さんが頷きます。

「昔ならともかく今なら逮捕されちまう」

「まったく」

きっと旦那さん方が子供の頃は、どこの家も昼間は鍵なんか掛けていなかったんだと思います。縁側ももちろん開けっ放しで、散歩していて見事なお庭なんかがあると、一声掛けてお邪魔して、縁側で眺めたりもしたはずです。昔の小説を読んでいるとそういう場面がありますよね。

それから考えると本当に、何て言うか、世知辛《せちがら》い世の中になってしまったんだなぁと思うけど、時代とともに変わっていくのはどうしようもないよね。

「そういや、この近くには二吉《にきち》の家があったよな」

「おお、ついでだ、行ってみるか」

二吉さんというのは、旦那さんとはよく張り合っていた喧嘩仲間だって教えてくれました。

歩いて十分ぐらい。こちらもまた古いお家ですけど、古い家の向こうに増築したところがあります。今はあちらにお住まいなのかな。また一枚、写真を撮りました。

撮り終わって、旦那さんと祐円さんが同じように家の方を見やります。二人で、何かを懐かしむような顔をします。

「騒いだなぁ、ここではよ」

「そうさな。二吉の野郎、あの世で何してるかね」

「さっさとこっちに来やがれって、腕まくりしてるかもな」

祐円さんが言って、二人で笑っていました。

そうしてまた二人で並んでずんずん歩きます。

途中の大きな神社に立ち寄って、本殿の廊下に座って水筒からお茶を出して飲んでいます。水分補給、大事です。

「相撲大会があったよな。ここで」

「おお、俺が一度優勝したな。賞品はなんだったか」

「しかしまぁ。お互い、長く生きてきたな。ほれ、あの木なんかよ、俺らがガキの頃に植えたやつだろ」

「そうだったな。おめぇ、大きくなぁれ、とか言ってあの木にしょんべんかけたろ」

「肥料だ肥料」

そんなことしたんですか。

「でかくなったよな。そう思えばこの神社の周りも、随分変わったな」

「時代が変わるってのを、何度も見てこられたってのは、幸せな人生だな勘さんよ」

「まったくだ。まぁあんまり見たくねぇものもたくさんあったけどよ。過ぎちまえばそれも一興ってな」

お二人は、昭和の初めに生まれて、戦争を経験して、多くの悲しみを見てきたんですよね。そしてその悲しみから、たくさんの人々が立ち直る様を見て、時代が変わっていくのを感じてきたんです。

それは、わたしたちには計り知れないもの。そして、たとえ聞いた話だけでもわたしたちが伝えていかなきゃならないものだと思います。

「考えたらよ、勘さんよ」

「なんでぇ」

「俺らはよ、神主に古本屋だ。それこそ大昔っから今の今まで、まるで変わらないものを相手にして商売してきたんだな。そいつを背中に背負《しょ》って生きてきたんだよなぁ」

旦那さんが、うむ、と頷きました。

「たまにゃ神主らしい、いいこと言うじゃねぇか」

「たまにかよ」

そうだよなぁ、と呟きながら、旦那さんが煙草を取りだし、火を点けました。

「変わらねぇもの、変わっちゃ困るものを守ってよ、変わらねぇと駄目なものをきちんと変える。そういうことをしてもらわねぇとなぁ」

「偉い人にだな」

「いやぁ、そこらへんの普通の人もよ。そう思ってねぇ連中が増えると困るってもんだ。ほれ、見ろあそこ」

旦那さんが、境内の隣のお宅の方を指差しました。お庭の方に洗濯物が干してあります。

「布おむつか。今どき珍しい」

「そうでもねぇらしいぞ。なぁすずみちゃん。最近じゃエコとかなんとかで、布おむつがまた見直されてんだよな？」

「そうですよ。洗えば何回も使えるんですから」

「へぇぇ、なるほどねぇ」

そういうことって、とても大切なことですよね。旦那さんが煙草を携帯灰皿に押し付けました。立ち上がって、境内を一枚、パチリと写真に撮りました。

「さて、じゃあ行こうかい」

今度はどこへ行くのかと思ったら、根津《ねづ》の駅から地下鉄に乗って銀座にやってきました。暑いなぁ、などと言いながら歩いて、銀座三越の前まで。旦那さんがポラロイドを構えて、ライオンの像の辺りをパチリと撮りました。それから反対側の和光の方もパチリ。

そうか。

「旦那さん、やっとわかりました」

「わかったかい」

「道筋を、辿《たど》っているんですね」

あの〈土合英昭〉さんの入賞作品『空家の少女　真夏の女』に書かれた場所を辿りながら、その写真を撮っているんだ。

二人は陽差しを避けて三越の入口の陰になるところの柱の裏に座り込みました。えーと、旦那さん祐円さん、そんなところに座ってはちょっと迷惑になると思うんですけど、でも裏側だから少しぐらいなら大丈夫かな。

祐円さんが手に持っていたコピーを拡げました。

「〈三越前のライオン像は、まるで待ち合わせる者たちを『そんなに焦ることはない』と諭すかのような眼で見据え、悠然としている〉か」

「〈黄色のサマードレスを着た彼女は、白いハイヒールでゆっくりと和光ビルの陰から陽炎《かげろう》揺らぐ歩道に現れた。白い肌を強烈な陽差しに隠すこともない。色つきの眼鏡の奥の眼差《まなざ》しはきっと反対側の歩道に居る私を捉えているはずだ〉とね」

小説の一節を読みながら、持ってきた水筒からお茶を注ぎ、二人で飲み合っています。

うーん、さすがにちょっと傍《そば》に居るのが恥ずかしいです旦那さん。

「きっとよ、藤子ちゃんもこうしてライオンの前で待っていたんだろうぜ」

「そうだな」

藤子さんっていう人も、どうやら重要な人物なんですね。

「お客様」

背広を着た男性がにこやかに旦那さんと祐円さんに話しかけてきました。三越の店員さんですよね。

「はいよ」

「大丈夫でしょうか？　ご気分でも？」

老人が二人して店の入口に座っていたら気になりますよね。ごめんなさいごめんなさい。旦那さんが苦笑いしながら手を振りました。

「大丈夫だよ。ほれこの通り」

二人ですっくと立ち上がりました。

「気にさせて悪かったね」

旦那さんが手をひらひらさせると、店員さん、にっこりと頷いて店の中を示します。

「よろしければ、あちらにベンチがあります。冷房も効いていますのでそこでお休みになられては」

旦那さんも祐円さんも微笑みました。

「いや、気ぃ遣ってもらってありがとよ。また今度ゆっくり寄らせてもらうぜ」

店員さん、またにっこり笑ってお気をつけて、とお辞儀をします。

うん。お仕事とはいえ、きちんとされている人に出会うとホッとします。ありがとうございます。お騒がせしました。

バス停に並びました。勇造さんが入院している病院へ行くのかと思ったけど、このバスは行き先が違うみたいです。

乗り込んだ旦那さんと祐円さん、真っ直《ます》ぐにいちばん後ろの席へ。旦那さんはいつもそうですよね。バスでは他の席が空いていても、わざわざ最後尾の席へ座りに行きます。背中がすかすかしねぇから良いんだ、なんて言ってましたね。あ、ここでも写真を撮るんですね。

走り出して一分も経《た》たないうちに、旦那さんのすぐ前の席から携帯電話の呼び出し音。男性が大声で話し始めたけど、それ止めてください。いやマナーもそうなんですけど、旦那さんが。

ほら、動いた。暴力だけはダメですよ。

「おう、兄さん」

男性、あ？　という表情で旦那さんを見ます。ちょっと強面《こわもて》だけどもちろんそんなもので怯《ひる》む旦那さんじゃありません。

「電話切ってくれ。話すんなら降りてくれ」

「なにぃ？」

「電話を切ってくれって言ってんだ。俺はよぉ、心臓にペースメーカー埋め込んでんだ。隣のじじぃもそうだ。誤作動起こして死んじまうぜ。おめぇさん年寄りをいっぺんに二人も殺してぇかい？」

肩をぐっ、と強く摑んで、旦那さんはにやりと笑います。男性はきっと旦那さんの迫力に負けたんでしょう。なにか呟いて電話を切りました。

「ありがとよ兄さん」

ポンポン、と肩を叩き、満足そうに椅子の背に凭れます。祐円さんもにやり。もちろんペースメーカーなんて旦那さんも祐円さんもつけてませんし、むしろ旦那さんの心臓には毛が生えてますよね。


どこへ行くのかと思ったバスが着いた先は、勇造さんが入っていらした老人ホームの前でした。

「お邪魔しますよ」

旦那さんと祐円さんが向かった先のお部屋では、女性がお一人ベッドに。

あぁ、松谷峰子《まつたにみねこ》さん！　あの研人くんも絡んだ事件のときの。旦那さんと祐円さんを見て、嬉しそうににっこりと微笑みました。

「どうですかね、具合は」

祐円さんが優しい声で訊きます。

「お陰様で、まだ元気ですよ」

峰子さんが微笑みました。まだその瞳はしっかりしてますよね。声音にも力を感じます。

「勘一さん」

「はいよ」

「お孫さんは、おぼっちゃんはお元気ですか？」

峰子さんが訊きました。たぶん、研人くんのことですね。孫じゃなくて曾孫ですけど。

「元気ですよ。花陽もね。まぁうちの連中は俺を筆頭に、それだけがとりえみてぇなもんでね」

からからと笑います。峰子さんも微笑みます。少し頬に赤みが差しました。人間、笑えば元気になるっていうのはホントだと思います。

旦那さんは、祐円さんと峰子さんの写真を撮りました。わたしが三人で並んだ写真も撮ります。徐々に浮かび上がってきた写真を見て、峰子さんも微笑んでいます。

「勇造さんによろしくお伝えくださいね」

そう言って、一度言葉を切り、続けました。

「もう二度と、この世ではお会いできないと思いますが、またどこかで元気な姿で会いましょうと」

決して世を儚《はかな》んだ調子ではなく、はっきりと言いました。まだ若いわたしがこんなふうに思うのは傲慢かもしれませんけど、いいなぁと思います。自分の人生の終わりを感じながらも、しっかりとそれを受け止める。わたしもそういうふうになりたいって。

旦那さんも祐円さんも、大きく頷きました。

「なぁに、きっとすぐに生まれ変わってでも会えますよ。神様ってのはあれでけっこう粋な計らいをしてくれますからな。神主が言うんだから間違いなし」

楽しそうな三人の笑い声が、部屋に響きました。

＊

そうして、旦那さんと祐円さんはようやく勇造さんが入院している病院にやってきました。

「あぁ、勘さんか。祐円も」

勇造さん、ベッドの上で頭をこちらに向けました。すっかり弱々しくなっています。

わたしも、病に倒れて生気を失っていく知人や親戚を、そして両親を見てきましたけど、やっぱり胸の辺りが苦しくなります。慣れることって、ないですね。

旦那さんと祐円さん、笑みを浮かべながら丸椅子を引いて、ベッドの脇に座りました。

「どうでぇ調子は」

「あぁ、今日は少し、いいかな」

小さな声で、勇造さん答えます。

「なに、儂《わし》らが来たんだからよ。また持ち直すって」

カラカラと笑う祐円さん。勇造さんも、笑顔を見せます。

「病人に似合うものは何も持ってこなかったぜ。どうせ食べられねぇし、野郎に花もねぇだろうしな」

「あぁ、構わんよ。来てくれたのが何よりの土産だ」

「いやぁそればっかりか、ほれ、冥土の土産は持ってきたぜ」

旦那さんが鞄から、あの本、『小説宝玉』を取り出しました。見た途端、弱々しかった勇造さんの眼に光が戻りました。身体にも生気が蘇《よみがえ》ってきたような気がします。

「こりゃあ」

手に取って、満面に笑みを浮かべました。

「見つけたのか！」

「おうよ」

旦那さんがにやりと笑って得意そうに腕を組みました。でも見つけたのはお義兄さんですよね。

「懐かしい」

勇造さんの眼に、光るものが溢れてきました。愛《いと》おしそうに本を撫でます。その仕草に思わず頷いてしまいました。そうだと思います。事情はまだわかりませんけど、きっと遠い遠い昔に捨て去った勇造さんの人生がそこに詰まっているんじゃないかと。

「すずみちゃん」

「はい」

「〈土合英昭〉ってぇのが、若き日のこの勇造のペンネームよ。そうしてな、この入賞作『空家の少女　真夏の女』が、〈土合英昭〉の最初で最後の、世に出た作品だったのさ」

「そうなんですか」

最初で最後。ということは。勇造さんは、小さく頷いて、息を吐きました。旦那さんが続けます。

「勇造はな、ガキん頃から小説を書いててよ。そりゃあ俺らも楽しんだもんよ。絶対こいつは将来すげぇ作家さんになるって思っていた。でもよ、こうしてようやくいい作品をものにして入賞して将来を嘱望されてこれからってときにな、勇造は店を継ぐからって筆を折っちまった。二度と書かないと決めてこの本も捨てた」

旦那さんも祐円さんも、その他当時周りにいたお仲間の皆も、お祝いにと手に入れたこの本を勇造さんに頼まれて捨てたそうです。

どうしてそこまで。そしてその本を、『小説宝玉』をこうして持ってきたというのは、どうしてなんでしょ。

旦那さんが、勇造さんに言います。

「勇造よ」

「うん」

「約束だったよな。俺ら三人のうち誰かが死にそうになったらその前によ、しっかり理由を教えてくれるってよ」

理由。旦那さんがそう言うと勇造さんが苦笑して頷きました。

「そうだね」

「藤子ちゃんこと、〈舞子〉嬢の謎をな」

祐円さんも続けました。〈舞子〉というのは、『空家の少女　真夏の女』に出てきたヒロインの名前ですね。

勇造さん、本をパラパラと捲り、小さく頷きます。

「五十年近くも経った今、藤子さんも先に逝っちまったしね」

少し淋しそうに微笑み、勇造さん、どこか遠い彼方《かなた》を見るように眼を宙に向けました。

「主人公である正俊があの空家で出会い、幼い恋をして、結婚の約束をした少女舞子」

旦那さんと祐円さんは頷きながら聞いています。

「そして、長じて正俊が銀座で出会った妖艶な女性舞子。彼女を巡る遺産絡みの問題に正俊が巻き込まれ、そして悲劇的な結末とともに大きな謎を残して物語は終わったわけだけど」

「そうよな。それと同時によ、モデルになった藤子ちゃんとよ、おめぇとの恋物語も終わりを告げて、藤子ちゃんはいずこともなく去っちまって、それっきりになった」

祐円さんです。そうか、藤子さんがあの小説のヒロインのモデルだったんですね。

「なんで、あんな幸せそうだったお前と藤子ちゃんが別れなきゃならなかったのか、さっぱりわからなかったぜ。モデルにしたって言ってもお互いそれは了承済みだったろうによ」

勇造さんが、また頷きます。

「空家で出会って、それから大きくなってまた銀座で出会ったたっていうのは、僕と藤子に起きたそのまんまだっていうのは知ってるよね」

もちろん、と旦那さんと祐円さんが頷きます。

「空家で結婚の約束をしたのもそうだし、銀座で再会してから付き合い出して、結婚を申し込もうと僕が決意したのも事実。でもね、勘さん、祐円」

勇造さんは、溜息をつきました。

「この物語は、そんな藤子との出会いを本《もと》に書いた物語だ。フィクションだ。作家として成功したくて、一本立ちしたくて、必死で書いた。その内容は遺産相続に絡む、人間の嫌らしいどろどろした事件だった。それは」

勇造さんが言葉を切ると、旦那さんが唸《うな》るように言いました。

「勇造」

祐円さんも顔を顰めます。

「藤子ちゃんの家が没落して引っ越しちまったよな。それに関係してるんだな？」

勇造さんが、大きな溜息とともに、頷きました。

「〈事実は小説より奇なり〉だよね。藤子の家には、本当に遺産相続に絡んだ嫌らしいものがたっぷり潜んでいた。僕は、その、藤子の家に隠されていた事実をほとんどこの小説で書いてしまった」

一度言葉を切って、つまり、と続けました。

「何もかも、僕は解き明かしたんだ。藤子の家の確執を、秘められていたものを。そしてそれをまるでノンフィクションのように白日の下にさらした。藤子の家が没落したのも、僕が書いたこの小説が直接の原因だと言ってもいい」

バシン！　と旦那さんが自分の腿《もも》を叩きました。

「誘惑に勝てなかったんだよな？　小説家として、知っちまったその事実を物語にせずにはいられなかった。たとえそれで愛した女と別れることになっても、その女を不幸にしても書かなきゃならなかった。おめぇの頭に浮かんじまったものが頭っから離れなかった。言っちまえば、おめぇは一生の女より、作家の性《さが》を選んだってことだ」

勇造さんが、頭を下げました。

「その通りだよ、勘さん、祐円。ひどい男だよね」

旦那さんも祐円さんも、大きく息を吐きました。そんな事実があったなんて。

「まったく、ひでぇ男だ」

旦那さんが言います。

「すずみちゃんよ」

「あ、はい！」

にこっと笑いました。

「俺たちが相手にしてる古本をよ、その多くを書いている小説家ってぇ類の人間にはよ、こんな奴《やつ》もいるのさ。ひでぇと思うだろ女として」

「えーと」

頷くしかないですね。

「はい」

「でもよ、あの『空家の少女　真夏の女』は傑作だよな。できれば後世に残すべき、いや残さなきゃならない小説だと思うだろ」

「それはその通りです。傑作です！」

本当です。旦那さんが苦笑いしました。

「勇造が、たかが小説のために一人の女を不幸にしたのは事実だ。けどよ、それで生まれた小説は傑作だ。そういうもんも、俺たちゃ背負って商売しなきゃあな」

そうか、それを言いたくて、旦那さんわたしを連れてきたんですね。

「まぁあれだ、勇造」

祐円さんです。

「これですっきりしたろうよ。永遠の秘密ってのを俺たちに白状してな。背中が軽くなって地獄でも極楽でも行けるんじゃないか？」

勇造さんが、小さく頷きました。

それも、理由だったんだ。きっと旦那さんも祐円さんもおおよそのことは察しがついていたけど、勇造さんは決して言わなかった。荷物として背負ってきた。それを、死ぬ前に下ろしてあげようと。

旦那さんが、『小説宝玉』を手に取りました。

「久しぶりに読んだらよ、また小説家としての血が騒いだんじゃねぇか？」

勇造さん、微笑みながら旦那さんと祐円さんの顔を見ました。

「きっとこれは、僕の一世一代の作品だった。これ以上のものなんかたぶん書けなかったさ。彼女と関わったからこそ、実力以上のものが出て書けた作品だった。そういう運命だったんだと思うよ。蕎麦屋の親父として終わる人生に、悔いはないさ」

達観したような勇造さんの笑顔に、旦那さんも祐円さんも、うん、と大きく頷きました。

それから、旦那さんはポラロイド写真を何枚も取り出しました。ここに来る途中にたくさん撮ったものです。一枚一枚三人で見て、昔話に花を咲かせました。

「二吉の曾孫は東大だって話だな」

「じいさんに似なくて良かったじゃねぇか」

「峰子さんは大丈夫なのかな」

「まだまだ。先に行くんならちょいと三途《さんず》の川の河原で待っててやれや」

「ありゃあ、いつだった、信義《のぶよし》の野郎がよ、女連れて不忍池《しのばずのいけ》に飛び込んだのはよ」

「飛び込んだはいいが杭《くい》に頭ぶつけて入院しやがったよな」

「菊池の親父のところのよ、西瓜《すいか》取ってきて売りさばいたよな」

「ありゃあひどかった。二、三個にしときゃいいものを、おめぇなんかリヤカーに十も詰め込んで持っていったろう」

「絞られてたよなぁ。あのお巡りなんてったかな」

たくさんの昔の悪行が次々に出てきて、聞いてたわたしは笑いっ放し。

ひとしきり話がはずみ、少し勇造さんの表情に疲れが見えた頃、旦那さんが、ぽん、と肩を叩きます。

「勇造」

「うん」

「慰めねぇぞ。俺らはもういつおっ死《ち》んでも大往生って言われる年だからなぁ」

にやりと笑います。勇造さんも、微笑んで頷きました。

「だがよ、簡単にはくたばるなよ。悪あがきってのは、俺らがもっとも得意とするもんだろうが。なぁ」

「そうだそうだ」

祐円さんも、勇造さんの手を取りました。

「やってきたお迎えの連中をよ、ケツ蹴り飛ばして追い返せ。なぁに三度までなら仏さんも許してくれる」

「だからおめぇは坊さんじゃなくて神主だろうよ」

「親戚みたいなもんだ」

大笑いしました。

「じゃあな。また来るからよ」

旦那さんが、写真を揃えてベッドの脇のテーブルに置きました。

「まだ回れなかったところもあるからよ。どんどん撮ってくるぜ。楽しみにしてろ」

勇造さん、頷きます。ほんの少しだけ、瞳が潤んでいました。


病室を出て少し廊下を歩いたところで、旦那さんが振り返って言いました。

「ちなみにな、すずみちゃん」

「はい」

「峰子さんな、藤子ちゃんの妹な」

「ええっ!?」

旦那さんがにやりと笑います。

「勇造をひでぇ男だって思ったままで夢見が悪いだろうから、教えとくぜ」

まぁ人生いろいろあるってこった、と、祐円さんも笑って言いました。

＊

「お帰りなさい！」

「おう、ただいま」

帳場にどっかと腰を下ろした旦那さんに、藍子さんが声を掛けました。

「どうでした、勇造さんは」

藍子さんが訊きます。カフェの方から、「今お茶を持っていきますー」って亜美さんの声が聞こえました。

「おう、まぁもうしばらくは持つだろうけどよ。なに、お互いに覚悟はできてるってもんだ。いつお迎えが来てもいいようにな」

思わず顔を顰めちゃいました。

「そんな淋しいことを、言わないでください」

旦那さんが微笑みました。

「まぁよぉ、まだまだ死ぬつもりはねぇけどよ、こればっかりはな、しょうがねぇやな」

勇造さんのところでは強気な口をきいていたのに、やっぱり友だちのああいう姿を見るとこたえるのかな。ずいぶん、しんみりしちゃってます。

「ま、ばあさんもあの世で待ってるしな」

「いやいや、サチさんだってきっとまだ来るなって言いますよ！」

わかんないですけど。

からんころん、と古本屋の方の戸が開きました。あ、昭爾屋《しょうじや》さん。

「よかったー、おやじさん居てくれた」

「おお、なんでぇどうしたあわくって」

お義父さんの幼馴染みで、昭爾屋という和菓子屋のご主人道下《みちした》さん。ここらの商店街の相談役です。以前は旦那さんがそうだったんですけど、もう何年も前に若い連中に任せるって引退しました。

「いやそれがさぁ、ほら、二丁目の品川さんところの空き地の問題があったじゃないですか。パチンコ屋をやってるだのなんだの怪しげな団体が買ったとか」

「あったな。でもありゃあ解決したろうが。なんとかって議員さんも入ってよ」

「ところがですね、その美濃部《みのべ》っていう議員が日和《ひよ》りやがって、また話が復活したらしくて、今、変な連中が下見に来てるんですよ」

「なにぃ!?」

旦那さんがすっくと立ち上がりました。ちょうど亜美さんがお盆にほうじ茶を載せて持ってきたところで、あやうくぶつかってお茶をこぼすところでした。亜美さんの持つお盆から、湯呑《ゆの》みを取るとぐっ！　と飲み干します。

「おじいちゃん！　熱くないんですか！」

「なんともねぇよ。紺はどこいった紺は」

「あ、二階にいますよ」

「すぐ来いって呼んでくれや。二丁目にな！　それから新の字にも電話しとけ！　俺ぁ先に行ってるからよ！」

怒気もあらわにどすどすと歩き出したかと思うと、後ろ向きにぽーん、と湯呑みを放り投げます。亜美さん、慌ててお盆でナイスキャッチです。

「あー、びっくり」

「元気になっちゃいましたね、旦那さん」

藍子さんと亜美さん三人で笑っちゃいました。

と、思ったら戸が開いて、出て行ったはずの旦那さんが顔だけ入れて叫びました。

「我南人は呼ぶなよ！　あの馬鹿は『LOVEだねぇ』とかほざいて話がこんがらがるだけだからな！」

忘れじの其の面影かな

木島主水《きじまもんど》

どういうこったい。

「それ、ホンネタなんだろうな」

睨みを利かせた。そもそもこいつの持ってくるネタはあやふやなところが多い。打率でいうなら三割八分。プロ野球のバッターなら一線級も一線級、二億も三億も稼げるだろうが記者で三割八分ってのは、ダメだ。俺らみたいなヤバいネタで勝負する記者ならせめて五割かっとばさなきゃ信用してもらえねぇ。

「ホンネタですって。出所は関空の職員なんですから」

「関空か」

確かにあそこは厳しいな。そこから出たネタだってんなら多少は信用できるが、そもそも本当に職員から摑んだネタかどうかも怪しい。

「まだ誰にも言ってないんだろうな」

「言ってません」

ミヤジがこくんと頷いた。あんまり付き合いたくはない男だ。三流も三流、何をして喰《く》ってるのかわからないライター紛《まが》いの男だが、見た目が目立たない上にこざっぱりしていて目端が利いて人懐っこい。

つまり、どんなところにも怪しまれずに入っていって、トラブルを起こさないで帰ってこられるって男だ。

冗談みたいな話だが、こいつはあの泣く子も黙る広域暴力団の本丸の事務所にひょいと入っていって、そこから組長の灰皿の吸い殻を持って帰ってきたことがある。それが何の役に立つのかは秘密だが、そんなこともやっちまう男であることは確かなんだ。

「間違いなく、〈マードック・モンゴメリー〉って名前だったんだな?」

ミヤジがもう一度自分のメモ帳を開いてから頷いた。

「そうっすよ。ほらこの通り」

他にごちゃごちゃ書いてあるところを指で隠して俺の方に向けた。確かにそこに汚ねぇ字でそう書いてある。そうは書いてあるもののまだ信用はできねぇ。

記者はこの眼で見たことしか、確認したことでなきゃあ事実だとしちゃ駄目だ。

まぁもちろん憶測で記事を書くことなんざごまんとあるんだけどな。そんな糞《くそ》みてぇな記事がこの世に溢れているし、俺も偉そうなことは言えない、どうしようもない三流記者だけどよ。

「いいか、それはまだ絶対誰にも言うな。俺が確かめる」

「いやそんなこと言われてもさぁ」

下卑た笑いで手を出しやがった。畜生本来ならこんな奴に口止め料なんか渡したくねえが、しょうがねぇ。

「ほらよ」

「諭吉じゃないんですか」

「うるせぇよこれ以上がっついたらぶん殴るぞ。いいか、俺がいいって言うまで絶対に誰にも言うなよ。もし漏らしたらてめぇ」

「なに」

「奥歯ガタガタ言わせて二度とおまんまが食えねぇ身体にしてやるぞ」


音楽が好きだった。ロックを愛している。

学生時代からバンドを組んでメジャーになりてぇって思ってたけど、自分にその才能がないのはすぐにわかった。

これで中々キツイもんなんだぜ。大好きなものに振り向いてもらえねぇのはさ。だから、せめてその端っこでも、ロックの神様の服の裾でも掴んでいたくて、文章を書きはじめたのさ。自分がいかにロックを愛しているか。そしてロックがどんなに素晴らしいものかってことを伝えたくてさ。

虚仮《こけ》の一念岩をも通すって言葉があるが、まぁそんなもんかなぁって思ったよ。書いて書いて書きまくってあちこちに送っていたら、高校のときにある音楽雑誌の編集部がその文章を拾って記事にしてくれた。

それからさ、俺がこの世界に入ったのは。

一応大学は出ておいた方がいいって言われて、したくもない勉強をして大学入って卒業した。卒業して高校時代に培ったコネを通して出版社に入ることができた。まぁそれからは何でもやったさ。吹けば飛ぶようなところだったから営業から広告から記者までありとあらゆることをやった。提灯《ちょうちん》記事だって何百本書いたかわかんねぇよ。文字通りドブん中を漁《あさ》るようなことまでやって何とかこの世界で生き抜いてきた。

それもこれも、ロックがあったからだ。この世界に生きてりゃあ、数少なくても音楽のことを書ける仕事にもありつけたからだ。日がな一日ロックを聴きまくりながら仕事をしたって誰にも文句を言われなかったからだ。

我南人が、我南人さんが、俺の神だった。ゴッドだったよ。

ずっとあの人の背中を追いかけて行きたかった。あの人の足跡を辿って行きたかった。あの人のロックが、ロックンロールが、俺の人生を救ってくれたし形作ってくれた。そう思っていたのにな。

人間、ドブん中を駆けずり回っているとその匂いが染み付いちまうんだ。染み付いて染み付いてどうにも抜けなくなっちまって自分でも気づかないうちに。

そんな仕事をしようって気になっちまうのさ。金のためにな。

それでも、我南人さんに会えたときには、インタビューができたときにはそのことを一瞬忘れた。素の自分に戻っちまった。ただ自分がいかにロックを愛してそして我南人を追いかけてきたかを語っちまって。

逆にそんな自分が惨めに思えてきた。俺は金のために我南人のスキャンダルを暴こうとしてるんじゃないのか、自分の仕事を忘れててめぇは何をはしゃいでいるんだってな。そんな身分じゃねぇだろうってな。

でもさ。

そんな俺をさ。

我南人さんは、勘一さんは、堀田家の皆は。

なーんにも言わねぇで許してくれた。いや許すも許さないもねぇんだあの人たちは。LOVEなんだよ。

それだけなんだよ。それだけ感じてりゃあそれでいいんだよ。

あんなことをしでかした俺をさ、いつ行っても皆が「いらっしゃい」って迎えてくれるんだよ。何でもない顔をしてさ。あのちっちゃい研人や花陽ちゃんまでもがさ。研人が前に言ってくれたよ。「じいちゃんのファンなら友達じゃん！」ってさ。これは俺の記者としてのカンだけど、研人はいつかビッグになるぜぇ。それこそ我南人さんを追い越すぐらいにさ。なんたってあの勘一さんと我南人さんと、そして紺さんの血を引く男なんだ。将来が楽しみでしょうがねぇ。

だからさ。

俺は堀田家のためなら何でもする。

俺のこの胸に、腐りかけてたこの心にLOVEを取り戻させてくれたあの人たちに恩返しをするまでは、死んでも死なねぇ。

このネタがもし本当なら堀田家の一大事だ。

今までも随分とあの一家は一大事を迎えてきたが、いや待てなんだかあそこはしょっちゅうお家の一大事を迎えているみたいな気もするが、これはまったく洒落《しゃれ》になんねぇ。

今までのもんとは毛色が違う。

とにかく、マードックさんに会って話をするしかない。それも皆に気づかれないようにだ。

「しかし」

考えてみりゃ、マードックさんとは一度もマジで話をしたことがないな。そもそも携帯の番号も知らないし。

「さて、どうやって呼び出すか」

あそこの皆さんは勘一さんを筆頭に妙にカンが鋭いからなぁ。下手にこそこそするとすぐにバレちまいそう、いや絶対にバレる。かといって正々堂々正面からマードックさんを呼び出すわけにもいかねぇ。俺とはあまり接点がないんだから一体何の話だってことになっちまう。

と、ここは。

「藤島《ふじしま》社長にお願いするしかねぇか」

そうだな、あの人なら口も堅いしマードックさんを呼び出してもおかしくないだろ。そうだ、ちょいと〈藤島ハウス〉に泊まりに帰ってもらって、マードックさん一人のところにそっと伝言してもらえばいいな。

よし、善は急げだ。

藤島社長に電話だ。

＊

〈そういうことなら木島さん。あなたが〈藤島ハウス〉の僕の部屋にしばらく滞在したらどうですか？）

「社長の部屋に？」

（そうですよ。ちょっと事情があってしばらく雲隠れしたいので、僕の部屋に二、三日、あるいは一週間ぐらい居るってことにすれば誰も変に思わないでしょう。そもそもいつも怪しい動きをしているんですから）

ごもっとも。

（僕の方から紺さんと藍子さんにメールしておきますよ。姿を見かけても声を掛けないでほしいと。部屋の鍵はこれからバイク便で届けます。マードックさんは一日のうちに一回は必ずアトリエに籠りますから、そのときがチャンスだと思いますよ）

「申し訳ありません。御厚意に甘えさせてもらいますよ」

（いえ、詳しいことは訊きませんが、堀田家の一大事というなら僕にとっても一大事です。うまく解決できるんですよね？）

「俺が、命に代えても」

（頼みます。他に僕にできることがあるなら何でも言ってください）

「助かります」

（あ、それから）

「何ですか？」

（生ゴミと煙草の火の始末だけはきちんとしてくださいね）

最後にそこかよ。あの人は実に有能な男だけどよ、どっかこうズレてるんだよな。

それがいつまで経っても結婚できない理由じゃないのか？

＊

〈藤島ハウス〉は、実に見事なマンション、いやアパートっていった方がいい風情だよな。何でも藤島社長が全部デザインしたって話なんだが、いい趣味してると思うぜ。あの人ネーミングのセンスはないがこういうセンスはあるんだな。

部屋もまたこれがいいんだ。金にあかせた豪華なお部屋かと思えばそうでもない。和洋折衷の、そうだな、まるで大正ロマンの頃に建てられたような雰囲気なのに、今の時代にもしっくりきてる。一言でいやぁ、俺たちオヤジでも落ち着く部屋だ。

一応、お籠りってことで食材はしこたま買い揃えた。四、五日は一歩も外に出なくても大丈夫だ。ここからなら窓から堀田家の様子は確認できる。なんたってマードックさんがアトリエに入ればすぐにわかる。

「しかしなぁ」

こんなことで張り込み紛いのことをするなんてな。

薬物が密輸されている可能性がある。それも、版画や絵に隠されて、だ。

今のところ麻薬探知犬がどうも挙動不審になる程度で確定でもないし、検査でも中身を調べるまでには至っていない。しかし、ひょっとしたら、麻薬探知犬でも確認できないぐらいごく少量ずつ版画や絵画の何かに混ぜて密輸しているんじゃないか。ひょっとしたら、今まで誰も行っていない方法で絵の具に混ぜて密輸して、それを後で回収できる仕組みでも考えたのではないか。

関空の税関がそういうふうに考えている案件があるそうだ。その多くが〈マードック・モンゴメリー〉という人物宛に海外から送られてきた荷物。どうやら画商か何からしいということ。下手したら近々きっちりと捜査の手が入るかもしれない。

ミヤジが手に入れたのはそういうネタだ。

もちろん俺だってマードックさんがそんな人間だなんて思っちゃいない。何かの間違いだって思ってる。そもそもマードックさんは画商じゃないしな。

しかし、ひょっとしたら悪党に利用されているって可能性もあるんだ。

だとしたら、助けてやらなきゃならねぇ。

もし、もしも、仮にマードックさんがそんなことをやらかしていたってんなら、真っ当な道に戻してやらなきゃならない。ぶん殴ってでも、正道に戻す。

堀田さんたちを、あの藍子さんを泣かしちゃあ駄目だ。

ノックの音で目が覚めた。

(やべぇ)

眠っていたのか。いけねぇここんところ寝不足が続いていたからな。畜生藤島社長このソファ座り心地が良過ぎるぜ。

「きじまさん？　いますか？」

「マードックさんか？」

気づけばもうとっぷり陽が暮れていた。今何時なんだ？　慌てて部屋の電気を点けて、ドアを開けた。

マードックさんが、にこにこしながら手に何か皿を持って立っていた。

「こんばんは。いま、だいじょうぶですか？　おじゃまじゃないですか？」

「あぁ、大丈夫だぜ」

「これ、ほったさんがもっていけって。おもこりなら、どうせろくなもんたべてないだろうって」

ラップが張られた皿の中身は、グラタンだった。それも二食分ありそうな程たっぷり。

「いやぁ、申し訳ないな。そしておもこりじゃなくておこもりだ」

「あぁ、そうでした」

マードックさんが笑う。本当にこの人は良い笑顔を見せるんだよな。映画によく出てくる〈善人そうな、でも運の悪そうな外国人〉って感じなんだ。

時計を見たら八時半を回っていた。

「マードックさんはもうご飯は終わったんだろ？」

「おわりましたよ。これからこっちで、おふろはいります」

「藍子さんは？」

「むこうで、かんなちゃんとすずかちゃん、みてます。きょう、すずみちゃんとあおちゃんがおともだちのけっこんしき、いってるんですよ」

これはチャンスかもしれねぇな。

「どうだい、風呂上がりに軽くここで一杯。良い酒があるんだ。でも藤島さんのものだから大勢で飲むわけにはいかないからさ。堀田家の皆さんには内緒でサシで」

「いいんですか？」

「いいんだ。藤島さんに寝酒に一杯の許可は貰ってる」

嘘《うそ》だが、まぁ大丈夫だろう。マードックさんは酒は好きだがそんなに量は飲まないって話は聞いてる。

「じゃあ、おふろはいってきますね。きじまさん、ちゃんとたべてくださいよ。すきっぱらにはよくないですから」

「オッケーオッケー」

よし、思いがけず初日からうまく行きそうだ。

しかし黙って飲むのも悪いので、一応藤島社長にメールはした。部屋の酒でマードックさんと一杯やっていいか、と。考えてみりゃあ藤島社長にメールするのも初めてだったんだが、光速か、ってぐらい早く返事が来た。

〈いくらでもどうぞ〉

ありがたい。そういや、藤島社長とも久しく酒を飲んでいない。今度またゆっくり飲みたいもんだ。

あいつぁ俺より十近くも年下だが、正直凄《すご》い奴だ。そりゃあもちろんあれだけの会社を立ち上げて成功させた男だから凄いのは当たり前なんだが、それなのに、良い奴なんだ。

大体、成功者ってのはどっかおかしなところがあるんだ。それは長年の記者生活で取材を重ねて嫌ってほどに知った。おかしなところがあるからこそ、成功への道を駆け上れるんじゃないかって思うぜ。

ところがなぁ、藤島社長にはそんなところがまったく、ない。強いていやぁ若い頃から古本好きだったってところぐらいだが、それはまぁ多少地味な趣味ってもんだ。あれだけ真っ当な良い人間がどうしてあそこまで成功を収めることができたもんだか、まったく不思議だ。

ドアがノックされた。

「マードックです」

「開いてるぜ」

お邪魔します、と言って入ってきたマードックさんは小さな額を手に持っていた。

「なんだいそりゃ」

「これ、きじまさんに、さしあげようとおもって」

「俺に？」

手渡された小さな額、ちょうど週刊誌程度の大きさだ。そこにはコートを着た男の上半身が描かれていた。これは水彩画だな。

「これって」

俺か？　いやちょっとずつ違うか？　マードックさんはにっこり笑った。

「きじまさんを、はじめてみたときに、inspiration がわいたんです。それで、かいてみたんです。どうでしょうか」

「どうって」

いい絵だ。男は少し斜め上を見ている。その瞳には、なんていうか、どん底から這《は》い上がってきたような強さと希望があるように見える。身体全体からそんな雰囲気が感じ取れる。

「いいよ。凄くいい絵だ」

モデルが俺っていうのはかなりこそばゆいが、それを抜きにしても単純にいい絵だ。

「いいのかい？」

「きにいっていただけたら、もらってください」

まったく。藤島社長だけじゃなくてよ、マードックの野郎もいい奴なんだよ。

グラスに氷を入れて、マッカランを注いだ。こりゃあ何十年も熟成させたもので、買えばたぶん十万近くはするんじゃないかと思うぜ。さすが藤島社長だよな。

「じゃ、かんぱーい」

「おいっす、かんぱい」

一口、嘗《な》めるように口に含める。いやぁ、いい酒だ。マードックさんも満足そうに頷いている。

どうやって切り出すかずっと考えていた。俺は大体が回りくどいのが好きじゃないんだが、いきなりじゃ、まずい。

「マードックさん、日本に来たのはいつごろなんだい」

「マードックでいいですよ。ぼく、きじまさんより、とししたですよ」

「あぁ、そうだったな」

「にほんにはじめてきたのは、だいがくせいのときなんですよ。もう、ずいぶんまえになっちゃいましたね」

そうだったのかい。随分前からいるってのは知ってたが、大学生の時分からってのは初めて知ったな。

「なんでまた日本に？」

「そのときは、たんじゅんに、にほんのえを、いろいろみたかったのです」

何でも日本で言えば中学の頃からずっと絵を描くのが好きだったそうだ。それで、ある日テレビでやっていた日本の美術の特集を見て、日本画や浮世絵に興味を持った。

「あちこち、びじゅつかんとかまわって、にほんのびじゅつをみたんですね。マンガもみたんですよ。すごく、England とか Europe にはないかんせいがあって、ひかれました」

それで、日本に行ってみたくなった。

「はんとしかんですけど、にほんのだいがくに、りゅうがくで、こられて」

「そうかい」

半年しかいられなかったけどものすごく楽しかったそうだ。とにかく見るもの聞くことすべてが新鮮で、日本の美術だけじゃなくて日本の文化が大好きになった。現代のものより少し昔の日本の感覚が自分にものすごく合っていると感じたそうだ。

「そういうの、羨ましいなって思うぜ」

俺だって一応、文章を書く人間だ。何か感情に突き動かされるって感覚は理解できる。あいにく俺は外国の文化に触れてそういう思いを味わったことがないなぁ。

「でも、きじまさんだって、rockだいすきじゃないですか。それだって、そういうかんかくじゃないですか？」

あぁ、そうだったな。ロックも外国の文化と言えるか。確かにそうだな。ストーンズやビートルズに憧れたロッカーたちを見て、その音楽を聴いて、俺もイギリスやアメリカに憧れたっけな。

「そういう意味では俺もマードックも同じってことか」

「そうですよ。おなじあなのむじなです」

「だな。それで大人になって美術家になったってわけか」

「はい」

「この辺に住み出したのは、やっぱりこういう古い町並み、下町が好きになったからか？」

何気なく訊いたんだけど、マードックは何か言いかけて、でも止めて、少し恥ずかしそうに微笑んで下を向いた。なんだ？　俺悪いこと訊いたか？

「じつは」

「うん」

「ほったさんにも、あいこさんにも、つまりだれにもいってない、りゆうがあるんです」

「え？」

藍子さんにも言ってない？　何だそりゃ。

「いつか、だれかに、はなしておかないとなー、っておもいながらずいぶんたっちゃって」

「へぇ」

「はなして、いいですか？」

「いや、いいけど。初めてその理由を話す相手が俺でいいのか？」

マードックはにこっと笑った。

「きじまさんと、おなじなんですよ、ぼく」

「同じ？」

「ほったけに、すくわれたんです」

救われた？

「にかいめに、にほんにきたときです。だいがくをでて、すぐです。とにかくにほんにすんでみたくて、おかねもないのに、しごともないのに、きちゃいました。それで、やすいやどをさがして、あちこちまわったんですけど、いろいろあぶないめにもあいました」

「なるほど」

ってことは今から十何年も前の話だな。

「がいこくじんですから、とうじはapartmentをかりることもできなくて、どうしようかっておもっていたんです。おかねもなくなって、ほとんど、いまでいう、ホームレスでした。たいしかんに、なきついて、Englandにかえるおかねをかりようかってかんがえました。そんなときに、このへん、ふらふらしているときに〈とうきょうバンドワゴン〉みつけたんです」

「へぇ」

一目で気に入ったそうだ。この家は何て素晴らしい佇まいなんだってな。それで入ってみたら勘一さんがいて。

「さいしょ、ほったさん、がいこくじんきらいだったらしいです。でも、ぼく、そこでおなかがすきすぎて、めまいして、おなかもなって、ふらふらしたんですね。そしたら」

勘一さんが、顰め面をしながら『おめぇ、腹減ってんのか？』って訊いてくれたそうだ。そして『そんな貧相な様子で店をうろうろされちゃ迷惑だからよ』って言って家の中に入れてくれて、ご飯を食べさせてくれたそうだ。まったく勘一さんらしい物言いだぜ。

「ほったさん、おなかいっぱいたべさせてくれて、それで、おみやげだって、ふるほんくれたんです」

「古本」

何があったかわかんねぇが、外国の人が日本でみじめな思いしてるのを見て見ぬ振りをするのは日本男児の名折れだって言ったそうだ。

「せんべつだって、そのほんを、おおきなふるほんやにもっていって、ひきとってもらえって。おみせまで、おしえてくれました。それで、いわれたとおりにそのおみせにいって、びっくりしました。くにへかえるりょひができたぐらいです」

「へぇ」

思わずにやついてしまった。きっとあれだな、勘一さん、直接お金を渡すのはマードックも嫌がるって思ったんだろうさ。

マードック、思い出しちまったんだろうな。グラス傾けながら少し眼が潤んでいるぜ。

「ぼく、ちかいました。いつか、きちんとにほんにくらせるようにして、おれいをしに〈とうきょうバンドワゴン〉にもどってくるって。そのときには、そのほんをかいもどして、ほったさんにかえすって」

「そうかい」

救われたか。そうだな。

「確かに、俺もマードックも同じ穴の狢《むじな》だな」

「はい」

しかしよ。

「それは別に、誰にも言ってない理由ってのにはならないんじゃないか？　むしろ堀田さんに言わなきゃならないことだろ？」

マードックが恥ずかしそうに顔を顰めた。

「じつは、ごはん、つくってくれたの、あいこさんでした。ぼく、ひとめぼれ、でした。ちいさいころに、きょうかいでみた、せいぼ Maria、そっくりでした」

「あ？」

マリア様？

「ぼくの、はつこいは、そのきょうかいの、せいぼ Maria だったんです。そんなこと、だれにもいえませんでしたけど。そのおもかげ、あいこさんに、みたんです。だから、ちかくに、すもうってきめたんです」

思わず笑っちまった。

「なるほどな。そりゃあ、誰にも言えないわな」

「はい」

「聖母マリアさんに恋したってのは、同じキリスト教の連中には言えないし、ましてやこの辺に住み出した理由が藍子さん狙いなんてのは、堀田さんに知れたらぶっとばされていたよな」

そうなんです、ってマードックは頭を掻いた。

「でも、すみだして、ほったさんちにかよいだしたら、すぐにばれちゃいましたけど」

さもありなんだな。俺もこんなに長く話したのは初めてだけど、マードックは本当にわかりやすい男なんだ。こんなにわかりやすくてよくアーティストなんかやってられるなって思うけどよ。

「忘れじの面影ってやつだったんだな。マードックにとって藍子さんは」

「はい」

そういう意味じゃあ、俺にとっても我南人さんは忘れじの面影ってやつだな。いやそっち方面じゃなくてな。純粋に憧れってやつで。

「じゃあマードックよ。俺も言うぜ」

「なんですか？」

「こいつは、誰にも話してねぇ。堀田さんにも、もちろん我南人さんにもな。おいそれと他人に話すようなことじゃないからさ」

恥ずかしい話だ。話したくもない。だが、こいつと腹割って話すために必要だろうよ。俺が味方だってことを信じてもらうにはな。

「俺にはよ、ガキがいるんだ」

「ガキって、え？　おこさん、ってことですか」

「そうだ」

「でも、きじまさん、どくしんですよね」

そうなのさ。正真正銘の独り身だ。一回も結婚したことはない。

「でもな」

溜息が出ちまう。

「俺の子供を産んだ女がいるんだ。若気の至りというか、過ちというか」

正直、遊びだった。まだ二十代の頃さ。

「そいつは俺のことを真剣に考えてくれていたんだがな、俺は全然バカでな。ふらふらしっぱなしの男だったのさ」

妊娠した。でも、あいつはそのことを俺に言わなかった。

「俺とは結婚できないって考えたらしい。むしろ、結婚してもうまくいきっこないって考えた。まぁそうだと思うぜ。今振り返って考えても、そんときに子供ができたって言われても、俺は堕《お》ろせって言ったと思う」

マードックが顰め面をした。

「そんなんでよ。俺が知ったのはもうそいつが子供を産んだ後だった。俺の子だっていうのは間違いないんだ。そんな嘘をつくような女じゃないからさ」

あいつは一人で、いやもちろん親や友人、周囲の助けはあったものの。

「藍子さんと同じように、シングルマザーとして子供を育てたんだ。女の子でな。もう高校生さ」

「にんちしてるんですね、きじまさん」

「もちろんよ」

「よういくひ、とかは」

それがな。

「頑固な女でな、受け取ってくれねぇ。せめてってんで、誕生日とクリスマスプレゼントだけは毎年送らせてもらってる。あと、貯金もしてる」

あの子が結婚でもするときには、通帳を渡したいって思ってるのさ。まぁこんな商売なんで大した金額になっちゃいないが。

「おこさんは、きじまさんが、ちちおやだってわかっているんですね？」

「あぁ」

こんなどうしようもない男を、毛嫌いはしないでくれている。むしろ、何ていうかな。

「大人の事情ってもんを理解できてきた最近の方が、よく連絡をくれるんだ。まぁ携帯を手に入れたってのもあるけどな」

あの子からメールが来たときは、本当に嬉しい。それ以上の喜びはないって思う。マードックが微笑んだ。

「いい、おとうさんなんですね」

「よせやい」

そんなんじゃない。とにかく、半端者だ。だが半端者でも、受け入れてくれる人はいる。そういう人たちのために、せめて二本足でしっかり立って歩こうって、今は思ってるけどな。

さて、と。

ここからが肝心なところだ。

「マードックよ」

「はい」

「俺は、堀田家の一員であるお前を、男としても信用している。お前も俺を、堀田さんに救われた一人である俺を信じてくれるか？」

マードックがきょとん、って感じの顔をしたぜ。それから少し首を捻った。

「もちろんですけど」

「じゃあ、訊くぞ。素直に何もかも話してくれ。俺を信じてな」

話した。俺の知り合いが引っ張ってきたネタを。関空の税関が薬物の密輸で〈マードック・モンゴメリー〉って名前の男に眼を付けていることを。

「俺はな、知っての通り裏道を、ドブん中を歩いてきたような男だ。それなりに修羅場をくぐってる。力になるから、余計なめんどくさい駆け引きなしに、素直に言ってくれ。どんな事情があるんだ？」

マードックは眼を丸くして言った。

「きじまさん」

「おう」

「それ、きっと、ひとちがいですね」

「なに？」

人違い？

「かいがいから、ぼくあてに、にもつおくってくるときは、きちんと、なまえかいてあります。そうしないと、とどきません」

「だから〈マードック・モンゴメリー〉って」

にこっと笑った。

「ぼく、せいしきななまえ、Murdoch Graham Smith Montgomery です」

「あ？」

マードック・グレアム・スミス・モンゴメリー？

「Middle nameがふたつ、はいるんです。せんぞが、Scotlandなので、そのほうめんのなまえですね。ふだんは、にほんでは、ながくてめんどうなので、マードック・モンゴメリーでとおしていますけど、しょるいなんかには、ぜんぶ、かきます。しょうりゃくして、マードック・G・S・モンゴメリーってかくこともありますけど」

「じゃあ、荷物は」

こくん、と頷いた。

「もし、ぜいかんで、にもつひきとるようなことが、あるときには、passportのせいしきめいしょう、ひつようです。きちんとかいてないと、うけとれないはずですよ。それに、そもそも、かんくうにぼくあてのにもつ、とどかないんじゃないですか？」

「そうだよなぁ」

だよなぁ。

「うん、いや、そうじゃねぇかなーって思ってたんだ俺も。そもそもこのネタ持ってきた奴も怪しい奴だからよ」

だと思ったぜまったく。この男がそんな真似するはずねぇんだ。マードックは、何かに気づいたように頷いた。

「ひょっとして、それをたしかめに、きじまさん、わざわざ、ここにとまることにしたんですか？」

「いや、実はそうなんだ」

そうだ、藤島社長にも後できちんと説明しなきゃな。俺の勘違いだったって。高いウイスキー飲んじまってすまないって。

マードックは、少し真面目な顔をしながら言った。

「ぜったい、そんなまちがったこと、ぼくはしませんよ。ほったけのみなさんに、かおむけできないようなこと、するはずがないです」

「だよな」

「でも」

「うん？」

マードックが笑った。

「ぼくのこと、しんぱいしてくれて、ありがとうございます」

「いやなに」

手を振った。まったくお恥ずかしい。

「それに、おなじようななまえで、あやしい、びじゅつかんけいのひとが、いるかもしれないんですね。きをつけることができるので、ありがたいです」

「おう、そうだな。下手したらそれで何かトラブルに巻き込まれるかもしれねぇからな」

気をつけるに越したことはない。しかしまぁ、そういうことなら。

「このまま、しんみり飲むか。俺たち以上に堀田家を愛してる藤島の酒をさ」

「いいですね」

また二人で乾杯した。

「でも、いちおう、ふじしまさんに、でんわしてみたらどうですか？　ぶじにかいけつしたから、のみにきませんかって」

「あぁ、そうだな」

そうすっか。俺とマードックと藤島なんて、傍《はた》からみればまったくおかしな取り合わせになるけどな。

堀田家に乾杯ってやつをするか。

愛の花咲くこともある

脇坂亜美《わきさかあみ》

不覚。

不覚不覚不覚不覚。不覚。

死んでしまいたいぐらい自分が情けない。

脇坂亜美、一生の不覚。何やってんだろ私、北海道まで来て。

「あー」

「あのね」

聞こえてなかった。聞こえてたけど、もう頭の中が真っ白になっていた。

「脇坂さん？　脇坂亜美さん？　大丈夫かなぁ？」

「あ、はい、ごめんなさい！　大丈夫です」

いけない。完璧に思考がどっかに飛んでいた。落ち着け亜美。状況をきちんと把握しろ。眼の前には親切そうで人懐っこそうな、でも見知らぬ年寄りのお巡りさん。そしてここは北の玄関口港町函館《はこだて》の、とある交番。

「キャッシュカードやなんかは、もう止めたんだよねぇ？」

「はい、連絡しました」

「じゃあ、とりあえずは安心だねぇ。まぁ現金やら荷物はどうしようもないかもしれないけど、命あっての物種《ものだね》だしねぇ」

安心ってなんですか。ちっとも心安らかじゃないですよ。あのボストンバッグだってお気に入りのものだったのに、中に入っていたポーチだって服だって何もかもお気に入りのものばっかりだったのに。着の身着のままでこんな遠い北国に独り。

あああ。悲しい。

「はい、じゃあ、ここにね、署名してくださいね。住所と電話番号も記入してくださいね」

「はい」

盗難届。こんなのを書くことがあるなんて思ってもみなかった。考えてみれば、長年一人旅をしてきたけどこんな状況になるのは初めてだ。

ボールペンを持った。名前を書こうと思った。でも、なんか愚痴りたくなってきた。

「お巡りさん」

「はいはい」

「私ね、一人旅が趣味だったんです」

「ほう」

「中学生のころからずっと一人旅をしてきたんですよ」

へえぇ、そりゃあすごいねぇ、とお巡りさんが笑う。このおじいさん、あの俳優さんに似てる。ほら、よく交番のお巡りさんの役とかやってるおじいさんの俳優。名前出てこないけど、優しそうなおじいさん。

「おこづかいもお年玉もぜーんぶなんにも買わないで貯《た》めておいて、鞄ひとつ持って、旅に出るんです。バスとか徒歩で、ただただあてのない旅に出るのが本当に好きだったんですよ」

「そりゃあ」

お巡りさんの顔が固まった。

「えらいけど、変わってるねぇ。女の子なのに」

ええ、よく言われました。変な子だって。

「でも、こんなこと言うとなんだけど、別嬪《べっぴん》さんだからねぇあんた。親御さんも心配だったんじゃないかなぁ」

そうですね。いえ、そうですねっていうのは私が別嬪だということに掛かっているんじゃなくて、親が心配していたっていうのは確かにそうなんです。

「でも、危ないことなんか、一度もなかったんですよ」

本当に、あちこちに行った。

一人旅とはいっても、若い女の子がホテルや旅館に一人で泊まったら変な顔をされるし、下手したら泊めてくれないし、警察に通報されたりするかもしれない。ましてや私の父というのは本当に、本当に頭の固い頑固な人で、若い娘が一人旅なんてそれは天地が引っ繰り返っても許されることではなかった。

でも、行ったの。母の協力を得て。そして、帰ってきても父に怒られないために私はそれ以外は本当にいい子にしていた。勉強も常に学年のトップクラスを維持して、文句はないでしょう、という生活態度を保っていたの。それでもさすがに中学のころは日帰りで行ける範囲だったし、高校生のころは春夏冬休み限定で、しかも宿泊するところは親が用意した旅館やユースや知り合いの家限定だったけど。

本州はもちろん四国も九州もほぼほとんどの県を私は制覇した。実は親には黙っていたけど、短大のころにはヒッチハイクをしたことだって何度もあったし、初めて会う人の家に泊めてもらったこともあった。

「もちろん、年取ったご夫婦とかそういうところですよ？　若い男の人にほいほいついて行ったってことじゃないですよ？」

「あぁそうだろうねぇ。そんなに怖い顔をすることはないよ」

「すみません、よく言われます」

美人だけど、顔が怖いって。

美人と言われるのは本当に嬉しいし、こう言ってはなんですけど自分でもそう思ってます。ええ、思ってます。だってしょうがないでしょう、鏡に映った自分の顔は、確かにそこらの女優さんより整ってるよなって判断できるんだもん。

でも、怖いって。ちょっと真面目な顔をするだけで怒られてるみたいだって。ましてや怒った顔なんかしたら小学生が泣いちゃうぐらい怖いって。

「一人旅ねぇ、えぇと、今は、二十歳で、ん？　客室乗務員って、スチュワーデスさんかい」

「まだ、卵です。研修中です」

「いやぁそりゃあ優秀なお嬢さんなんだねぇ。じゃあゴールデンウィークでお休みで息抜きに旅行中かい」

「はい」

「でもこれから毎日が旅行みたいになるのにねぇ」

「それだからなんです」

「うん？」

実は、あちこち行ったけど海を越えた北海道には来たことがなかった。そして。

「飛行機にも乗ったことなかったんです」

「おやま。それでなんでまたスチュワーデスに」

そんな気はまったくなかった。たまたま友達に一緒に受けようって言われて受けたら合格してしまった。自分の将来に関してはまったく何も考えていなくて、どこか適当に受けて受かればそれでいいという感じだったので、それならそれでいいかって。旅好きの私がスチュワーデスというのも運命かと思った。

「それで、一度は飛行機に乗って、行ったことのない北海道まで行こうって思って」

来たら、こんなことになってしまったんです。初めての飛行機の旅で浮かれてしまったのか。前途多難の印かもしれない。

「まぁでも、いいねぇ若いっていうのは」

「そうですね」

お巡りさんが、お茶を注ぎ足してくれた。

「なんでまたそんなに一人旅が好きなんだい。女の子なら、友達ときゃあきゃあ騒ぎながら行った方が楽しいだろうに」

それは、そう。そういう旅も楽しい。でもね。

「呼ぶんですよ」

「あ?」

別にそういう変な人じゃないですよ。私。

「なんか、いっつも、誰かに呼ばれてる気がするんです。どこかへ出掛けたくなるんです。自分の居場所はどこだって探したくなるんです」

なんでこんな思いっきりプライベートなこと話してるんだろ私。お巡りさんは少し驚いたように眼を丸くして、それから、感心したようにひとつふたつ頷いて、にっこり笑った。

「判るなぁ」

「判ります？」

うんうんって頷いた。白いものがたくさん交じった丸刈りの頭をごしごし擦《こす》った。このお巡りさん、そろそろ定年なんだろうなぁ。

「あたしもねぇ、若いころはそんな気持ちによくなったもんだよ」

「そうなんですか？」

あぁ、と声を上げて、お巡りさんはゆっくり立ち上がった。開けっぱなしの交番の扉のところまで一、二歩歩いて、外を眺めた。

「どっかに行きたい。自分の生まれたところから、どこまで遠くに行けるのかやってみたい。そして、どこかに自分の居るべき場所があるはずだ。あなたと同じようにねぇ、そんなふうに考えてたねぇ確かに」

同じだ。お巡りさんが振り向いて、笑った。

「いい町でしょう、ここ」

「はい」

本当に、きれいな町。港町はどこも同じ匂いがして、なんだかほっとする。私は東京生まれの東京育ちだけど、東京だって、港町なんだと思う。

「あたしのねぇ、生まれは鳥取なんですよ」

「へぇ」

遠い。

「境港《さかいみなと》って町でねぇ。そこで生まれて育ったんだけど、早くその町を出たくてねぇ」

出たくて、あっちこっちの町に行ってみたくて、それで。

「船乗りになろうかって思ったんですけどね。なんだか、なりそびれちゃって、港町ばっかりを渡り歩いて北海道に来て、何を間違ったんだか、警察官になっちゃって」

ここが、終《つい》の住《す》み処《か》になりますねぇって、笑った。

「ここが、自分の住むところだって、居るべき場所だったたって思いました？」

訊いたら、お巡りさんはまた外を向いて、少し首を傾げた。

「どうかなぁ」

どうかなぁって、もう一度言って、手を後ろに回して身体を反らして腰の辺りを叩いた。

「年取っちゃったからねぇ。もうここでいいやって思ってしまったのかもしれ」

急に、腰を叩いていた手を止めて、言葉も止まった。どうしたのかと思ったら、外の何かを凝視している。

「お嬢さん、脇坂さん」

「はい？」

「あれ」

「あれ？」

何かを指差した。慌てて立ち上がってお巡りさんの横に立った。

「あれ、あんたの言ってた、盗まれたボストンバッグの特徴にぴったりだねぇ」

「え？」

交番の前の道路向こうの歩道を、若い男の人が歩いている。手にはボストンバッグ。革で、黒とベージュの切り替えが入ったもの。男の人が持つようなデザインじゃなくて、小振りでどっちかといえば女性用のボストンバッグ。

「おんなじ！」

同じだ。間違いない。盗まれた、私のボストンバッグ。

「待ちなさい！　あんた！　脇坂さん！」

ハッと気づいた。気づいたら、男の人が地面に転がっていて、びっくりした眼で口をあんぐり開けて私を見ていた。やってしまった。お巡りさんが私の肩を押さえた。

「落ち着いて落ち着いて！」

男の人は、どうしていいのか判らない顔で、私とお巡りさんの両方をリレーのように見た。なんか、細くて、頼りなさそうな身体つきで、大人しそうな雰囲気の人。悪い人には見えないけど、でも、そのボストンバッグ。

「いやいやぁびっくりした。あんた、大丈夫かい、怪我《けが》ないかい？」

「あ、はぁ、ま」

男の人がようやく起き上がった。いてて、とか言って腰を押さえている。

「なんともないかい。いやそれにしても見事な跳び蹴りだったなぁお嬢さん」

「すいません」

やってしまった。小学校のころに習っていた空手が出てしまった。短大のころにも痴漢や酔っ払い相手に三回ぐらいやってしまってあれほど皆にからかわれたのに。

「あの」

男の人はわけがわからないって感じで顔を顰めた。私に蹴られた腰が痛いせいかもしれないけど。

「どうして僕はいきなり蹴られたんでしょうか？」

＊

私は土下座するぐらいの勢いで頭を下げた。下げましたとも。

「本当にすみませんでしたっ！」

「いや、いいですよ」

男の人は、堀田さんという人は、苦笑いしながら許してくれた。優しい人みたいで本当に良かった。

「まぁ確かにこんな女性用のボストンバッグを持っていたら、変に思われますよね」

堀田さんが持っていた私と同じ型のボストンバッグは、ひとつ上のお姉さんのものだった。お巡りさんが念のためにって堀田さんの家に電話して確かめてくれた。

堀田紺さん。

東京で、〈東京バンドワゴン〉っていう不思議な名前の古本屋さんをやっているお家のご長男。そして、お父様が、なんと、あの。

我南人さん。

ロックンロール最高！　の我南人さん。

私ってば、私ってば。

窃盗犯を捕まえるつもりが、下手したら私が暴行罪で訴えられるところだった。お巡りさんがにこにこしながら、私たち二人に新しいお茶を出してくれた。

「しかしまぁ偶然だねぇ。同じ東京に住む二人で、年も同じでねぇ」

本当にそう。堀田さんは同い年だった。大学生で、やっぱり旅の途中。

「あれだねぇ」

お巡りさんが堀田さんに言った。

「お名前、実にいいお名前だね。紺くんね」

「ありがとうございます」

「しかもさっき電話で話したお姉さんが、藍子さんってねぇ」

へぇ。藍子に、紺。

「そうなんですよ。弟もいて、弟は青という名前で」

「まぁ」

思わず微笑んでしまった。藍子さんに、紺さんに、青さん。ブルー三姉弟。ひょっとして。

「あの、じゃあ、我南人さんがそういう名前を？」

「いや、それがばあちゃんが」

「お祖母様《ばあ》？」

さすが永遠のロックンローラーを産んだお母様だと思ってしまった。すごくシンプルな名前かもしれないけど、なかなかつけられるものじゃないと思う。

「ところで」

堀田さんが、お茶を一口飲んで私を見た。

「財布も荷物も何もかも全部盗まれたって」

「はい」

「それじゃあもう、今現在は身体ひとつで」

「そうなんです」

「あては、あるんですか？」

「あて？」

「今日泊まるところとか、お金を送ってもらうとか」

そう。さっきはそれをどうしようかとこのお巡りさんに相談しようと思っていたところだったの。

「予約していたホテルはあるので、そこのフロントにお巡りさんに一緒に行ってもらって」

事情を話して、実家からお金を送ってもらってそれが届くまで滞在させてもらおうと思っていた。何せキャッシュカードから何もかもない。再発行してもらうにも、支店がこの町にはないのでどうしようもなかった。

「でも、気が重くて」

「何がですか」

家にそんな電話をしたら絶対に言われる。

「タクシーに乗って今すぐに、ただちに家まで帰ってこいって」

何万円掛かろうと払ってやるから、絶対に帰ってきなさいと父なら言う。

「そういう人なんですよ」

なるほどねって、堀田さんが苦笑した。

「うちのじいちゃんもかなり頑固なんですけど、そんな感じですかね」

「そうですね」

「良かったら、乗っていきますか？」

「はい？」

堀田さんが、にこりと笑った。

「僕、車で来てますから、東京まで送ってもいいですよ」

どういう対応をしようか迷ってしまった。この人は、堀田さんは、いい人なんだろうかそれとも変な人なんだろうか。

窃盗犯と間違えて跳び蹴りをかましてしまったのに、東京まで送ってくれるという。

何か下心があるんだろうか。でもそんなふうには見えない。とても優しそうで誠実そうな人には見える。確かに地味な男の人という感じは否めないけど。

そこまでたぶん私は一秒も掛からないで考えて、つい、お巡りさんを見てしまった。お巡りさんも、私を見た。

「そりゃ、いいね」

え。

「堀田さんは？　もう東京へ向かうところなのかい？」

「いいえ、一ヶ所寄りたいところがあって、それが済んだら真っ直ぐ帰るつもりなんですけど」

「脇坂さんは？　今日来たばっかりなんだから、急いで帰らなきゃならないわけじゃないんでしょう？」

「え、ええ」

じゃあ渡りに船じゃないかねぇってお巡りさんは言う。

「こうやって、あたしの前で話しているんだから大丈夫でしょう。もう取られるものは命しかないんだし、命取ったらあたしが堀田さんが犯人だって判るからねぇ」

はっはっは、と笑った。堀田さんもそうそうって笑った。いや、命しかないって笑い事ではないと思うんですけど。

＊

結局、お願いすることになってしまった。

会ったばかりの若い男の人の車に乗って北海道から東京まで帰るなんて、普段ならそんなことは絶対にしないけど。やっぱりお巡りさんの眼の前でそういう話になったんだからたぶん大丈夫っていうのはあったし、お父さんには絶対に電話したくなかったし、何より。

紺さんは、あの我南人さんの息子。

お巡りさんが念のためにって、紺さんの家の近くだという交番にまで電話して確認してくれた。間違いなく、堀田家は〈東京バンドワゴン〉という古本屋をやっていて、そこは我南人さんの実家で、息子は紺さんで、しかも現在北海道へ旅行中ということまでそこの交番のお巡りさんは知っていた。私は電話口で「彼を子供のころから知ってますけど、良い青年ですよ、心配ないです」なんて言われてしまった。すごい近所付き合いだと思う。今どき交番のお巡りさんと家族ぐるみの付き合いなんて。

でも、〈東京バンドワゴン〉は、下町だからそういうのもあるのかなって。私の近所では考えられないんだけど。

車をみた瞬間にはちょっと後悔した。今にもエンジンが火を吹きそうなものすごくおんぼろのミニクーパー。

「借り物なんですよ」

「お友達から？」

「いや、親父の知り合いから」

「あぁ」

そんな感じだった。中にはいろんなシールやらが貼ってあって、そのほとんどが大昔に流行《はや》ったようなロックバンドや楽器のメーカーのシールだったから。こう見えても私は詳しいんだから。〈PAiSTe〉がドラムのシンバルのメーカーってことだって知ってるわ。

「あの」

「はい」

「本当にすみません。お世話になります」

車に乗り込む前にもう一度言うと、紺さんは、にこっと微笑んだ。そういえば、その笑顔が少し我南人さんに似ている気がする。

「なんてことないですよ。袖振り合うも他生《たしょう》の縁ですから」

古くさいことを言う人だわ。同い年。まだ二十歳のくせに。

「どこへ行くんですか？」

「え？」

「一ヶ所、行きたいところがあるって」

「あぁ」

ミニクーパーを発進させながら紺さんは言った。

「〈最後の桜〉を見に行きたいんです」

「〈最後の桜〉？」

微笑みながら、頷いた。

「聞いたことないですか？　桜前線の最後。この北海道で咲く最後の桜の木があって、それはそれは見事なものらしいんです」

それは、知らなかった。

「なんだか、いいですね、それ」

でしょう？　と、紺さんが微笑んだ。

もちろん、それが日本列島で本当に最後に咲く桜ではないはず。そんなのは誰にも認定できないけど、地元ではそう呼ばれてそれはそれは大切にされているらしい。観光客を呼べるほど立派なものらしいんだけど、荒らされたくないからと、他所《よそ》にもあまり言わないらしい。

「どこなんですか？」

桜前線の最後となると、日本の最北端の稚内《わっかない》とかだろうか。そう訊くと紺さんは首を横に振った。

「実は違うんです。オトイネップって町の名前知ってますか」

「知りません」

オトイネップ？　アイヌ語なんだろうな。

「その町に、カイナ山という山があるんですけど、そこにその桜があるそうなんです」

函館市からだと車で八時間から九時間、下手すると十時間ぐらいはかかるらしい。なので、途中の旭川《あさひかわ》市まで行って、そこで一泊して次の日に向かう。

「それで、いいですか？　見終わったら真っ直ぐに東京へ向かいます」

良いも悪いもないです。乗ってしまったんだから。

それで。二時間も三時間も車に揺られながら、それほど饒舌《じょうぜつ》ではないけど無口でもない紺さんとなんだかんだと会話をしながら、途中でご飯を食べたり、休憩したりしながらずっと二人でいたんだけど。

不思議だった。

うら若き乙女としては、いくらお巡りさんの眼の前できちんと確認しても、堀田紺さんがちゃんとした男性だと近所のお巡りさんが保証したとしても、男は男。二人っきりで旅をすることに不安なりなんなり感じて然《しか》るべきだったんだけど。

なんにも感じてなかった。不安の「ふ」の字も感じなかった。

まるで、久しぶりに会った従兄弟《いとこ》と一緒に親戚の家を訪ねていくみたいな心持ちになっていた。

これは、やっぱり紺さんの人柄なんだろうかって。

優しい男友達はいた。同級生にだっていた。でも、どんなに優しくても二人っきりになるとやっぱりそこには〈異性〉が居て、自分は女なんだって意識させられた。ところがどっこい。紺さんにはそれを感じなかった。いや、紺さんが男らしくないとかそういうわけじゃないんだけど。

なんなんだろうこの人はって、ハンドルを握る紺さんの横顔を見ながら考えていたんだ。

真っ暗になってから着いた旭川は、もちろん初めて来る町で、ちょっとした坂道を登るとぱぁーっと町の灯が見えた。きれいだった。

「盆地らしいですね。旭川は」

「盆地」

それは、周りをぐるりと山に囲まれた平地のこと。

「高いビルに昇って周りを見ると、三百六十度山らしいですよ。親父が言ってました」

「我南人さんが」

「あの人はライブで日本中回ってるから」

駅前の小さなホテルを予約してあって、晩ご飯にはラーメンを食べようということになって町に出た。駅前の通りは一年中歩行者天国になっているってホテルで見たパンフレットに書いてあったけど、それはもう〈歩行者天国〉じゃないんじゃないかって思ったら、やっぱり〈買物公園〉という名前になっていた。

「そういえば」

「はい」

訊いてなかった。

「今回の旅行は、その桜を見に行くだけの？」

「そうですよ」

でも。

「明日、咲いているってわかってるんですか？」

その町の人に咲いたかどうか電話で確かめたとか、そうじゃなきゃ、明日咲いている保証なんかどこにもない。散っているかもしれない。紺さんは、ちょっと首を傾げた。

「一応、例年この時期に咲くとは調べてきたんですけど、咲いてないかもしれないですね」

「それじゃ」

まるっきりの無駄足かもしれない。わざわざ北海道まで、しかも車でやってきた意味がない。私がそんな顔をしたんだと思う。紺さんは、苦笑いした。

「僕が見たかったんじゃないんですよ」

「え？」

「頼まれたんです」

「頼まれた」

そうです、と、紺さんは頷いた。

「あの車の持ち主に。桜を見にいく旅に出てほしいって」

＊

次の日は、快晴だった。

本当に、雲ひとつない青空。まさしく紺碧の空。藍色と言ってもいい。

そうか、って思った。

ひょっとしたら、我南人さんのお母さん、紺さんのお祖母ちゃん。それでそんな名前をつけたのかなって。

こんな青空を見て、こんな青空が大好きで、こんな青空のような人になってほしいって思って、藍子、紺、青という名前をつけたのかもしれない。

「だとしたら」

私は、紺さんのお祖母ちゃんが大好きになるかも。


本当にこんなところを登っていくんですか？　とひいてしまうほどの山道。そして、道なき道。コンパスと目印になるという山肌から突き出ている巨石だけを頼りにして二時間山道を歩いた。

絶対にこれは道に迷って、遭難してしまったんだと思えるぐらいの鬱蒼《うっそう》とした草やら低木やら蔦《つた》やらをかきわけて、私はもうぼろぼろになる寸前で。

それでも、「ここだ！」と紺さんが叫んだところには本当に大きい桜の木が。そこだけ誰かがきれいにしたようにぽっかりと何もなくて。思わず、眼を瞠《みは》ってしまったぐらい。

でも、桜は、散ってしまっていた。それも、ひょっとしたら昨夜。たぶん強い風が吹いたんじゃないかと思う。日本で最後に咲く桜と地元で言われている、見事な桜の巨木の周りには信じられないぐらいの桜の花びらが散っていて、それだけでも一見の価値があると思った。

文字通りの、桜色の絨毯《じゅうたん》。

大部分が散ってしまってはいたけれど、風にも負けずにお陽様の光を浴びて薄桃色に輝く花びらは、街中で見るような小さな桜の木ぐらいの数は残っていて。紺さんは、その花びらが散ってしまわないうちにと、首に掛けていた古い一眼レフカメラで写真を撮っていた。

フィルムを一本ぐらい全部使ったんじゃないかと思ったころ、紺さんは草原になっているそこに腰を下ろした。

私も、隣にしゃがみ込んだ。

二人でじっと、桜の木を見ていた。

そうしてくださいと頼んだのは、我南人さんの古い友人のミュージシャンだそうだ。

その昔は、我南人さんが尊敬するほどの素晴らしいドラマーだったそう。

病に侵されて、余命幾ばくもなく、ただ病院のベッドで死を待つだけ。たったひとつの心残りは、若いころに一度だけやってきて感動したこの桜を、再び見に行けなかったこと。

あのボロボロのミニクーパーがまだ新車だったころに、恋人と二人でここまでやってきた。そのときの旅が、二人を一生のパートナーにした旅だった。

その人の願いを叶《かな》えようと、我南人さんが紺さんに頼んだそうだ。恋人と一緒に行ってきてほしいと。でも、紺さんには彼女がいなかった。代わりにお姉さんが一緒に行く予定だったんだけど、なんだか体調が悪くなったらしくて来られなくなった。それで、紺さんが一人で。

紺さんが、袋の中からドラムのスティックを取り出した。

「これ」

「はい」

「その人のスティックなんですよ。桜の木で作ったそうです」

桜の木。でも。

「ドラムスティックは、普通は胡桃《くるみ》の木ですよね」

紺さんは、驚いた顔をした。

「よく知ってますね」

「実は」

白状しちゃおう。

「ドラム、やってたんです。しかもロックを。そして」

ええい、言ってしまえ。

「我南人さんの、ファンでした」

ちょっと眼を大きくして、紺さんは微笑んだ。スティックを持って立ち上がって、桜の木の方へ歩いていこうとして、立ち止まった。

「そうだ」

「はい？」

「これ、持って立ってくれませんか。桜の木の下に。写真を撮るんです」

素直に頷いて受け取って、桜の木の下まで歩いた。本当に大きな木で、下の方はごつごつとしている。スティックを持つと自然とそういう握りになってしまう。ドラムを叩くときの持ち方。

思いついて、こぶになっているところに座った。

うん、ちょうどスツールの高さぐらい。イイ感じ。

眼の前にドラムセットがあると思って、構えた。向こうの方で紺さんがシャッターを切る音が聞こえてきた。

そっちを見て、微笑んだ。

紺さんに向かって。

＊

桜の木で作ったドラムスティックは、そのまま桜の木の根元に埋めた。それがそのドラマーのお願いだったらしい。埋め終わって、名残惜しそうに紺さんは残りのフィルムを全部使って写真を撮って、言った。

「じゃ、帰りましょうか」

「はい」

草原を歩きながら、途中で何度も二人で振り返った。口に出しては言わなかったけど、いつかまたここに来たいなぁって思ったんだ。日本で最後に咲く桜を見に。そのときに、私の隣には誰がいるんだろう、なんてことも考えてしまった。

東京に帰ったら、紺さんの家に、〈東京バンドワゴン〉にお邪魔しよう。

絶対に、必ず、何があっても。

お礼のお土産はケーキがいいかな。それともお祖父《じい》ちゃんお祖母ちゃんがいるなら和菓子の方がいいかな。我南人さんのLPを持っていってサインしてもらうのは、調子が良すぎるかな。

でも、紺さんなら笑って、いいですよ、って言ってくれると思う。

その日を、すごく楽しみにしてる自分がいた。

縁もたけなわ味なもの

藤島直也《ふじしまなおや》

「てやんでぇ馬鹿野郎ぉ!!」

声の振動が身体中にぶつかってきた。周りの本棚さえ振動したみたいに思えた。こんな大声で面と向かって怒鳴られたのは、二十数年生きてきて初めてなんじゃないか。

「ふざけたことぬかしてんじゃねぇぞ!!」

ふざけてはいない。でも、まるで反応できなかった。

「いいか若造！　古本ってぇのはなぁ、収まるときには自然にそいつの手に収まるものなんだよ！」

バシン！　と勢いよく文机《ふづくえ》を叩いた。載せてあった帳簿やペンが宙に浮いた。

「その本がそいつを呼ぶんだよ！　どこにあろうが何年掛かろうが必ずなぁ！　痩《や》せても枯れてもこの堀田勘一、産湯を使ったときからこの古くせぇものに囲まれてんだ！　骨の髄まで古本の匂いが染みついてこいつらとは血を分けた兄弟みてぇなもんだ。てめぇみたいに金にあかせてなんでもかんでも買い漁るような奴にはなぁ、たとえ埃《ほこり》ひとつ衣魚《しみ》ひとつだって売りゃあしねぇ!! わかったかこの唐変木《とうへんぼく》!」

身体が硬直していた。でもこれは、ビビったんじゃない、驚いたんじゃない。その証拠に、変な言い方だけど、気持ちが良かったんだ。

何かが、このおじいさんの怒鳴り声に押されて身体中から、すぽん、と抜けていったような気がした。だから、まったく身体は動かなかった。ただ眼を丸くしてぽかんとして、この古本屋さんの顔を見ていることしかできなかったんだ。

顔を真っ赤にしたおじいさんは、いや堀田勘一さんと言ったか、そんな僕を見てすぐに眼を細めた。真っ赤になった顔が急に元の顔色に戻ったような気がした。

堀田さんは、ふぅ、と息を吐いて、文机を叩いた手をごま塩の頭に持っていってごしごしと擦った。まさかそんなことはないと思うけど、さっきまで聞こえていたはずのうるさいほどの蟬《せみ》の声も止まっているのは、あの怒鳴り声のせいだろうか。

「おい若いの」

「はい」

「いくつだ」

年齢か、年を訊かれたのか。

「あ、二十五、です」

もうすぐ二十六になるけれど。堀田さんは、ふむ、というふうに頷いた。

「うちの孫の一人とおんなじようなもんかい」

「そう、ですか」

毒気を抜かれた、という表現があるけど、正しくはないかもしれないけど今の僕はまさにそんな状態かな、と、もう一人の僕がどこかで笑っているような気がした。ただ、このやたら元気な堀田さんの言うことを素直に聞いているだけの子供みたいだ。

「名前はなんてぇんだ」

「藤島です」

そう言ってから、つい身体が反応してスーツの内ポケットから名刺入れを取り出してしまった。商売相手じゃあるまいしこんな場面で名刺を出さなくてもいいのに、習慣とは恐ろしいものだ。その動きを止めることができなくて、名刺を差し出してしまった。

堀田さんは、くいっ、と頭を傾げたけど、その名刺を受け取ってくれた。

「藤島直也さんね。なんだおい代表取締役って」

「はぁ」

「その若さで社長さんかよ」

「一応、そういうことになってます」

へぇそりゃあ大したもんだ、と、にやっと笑った。笑うと意外とかわいいと思ってしまったけど、そんなことはもちろん人生の大先輩に向かって言えない。

「それで唸るほど金はあるってわけかい」

「あ、いえ」

そういうつもりではなかったのだけど。

「まぁいいや。名刺まで出されちゃあ、こちらも挨拶するしかねぇな。まずは、お客さんに怒鳴っちまってすまんかったね」

「いえ」

「さっきも名乗ったけどよ、この〈東京バンドワゴン〉ってぇケチな古本屋をやってる堀田勘一ってぇんだ」

初めまして、と頭を下げた。なんだこの状況は。僕はどうして古本屋でお互いに自己紹介しあっているんだろう。

「藤島さんよ」

「はい」

まぁ座りなよ、と、帳場の近くにあった丸椅子を勧めてくれた。

「おい！　藍子！」

「はーい」

パタパタと音がして、隣から顔をのぞかせたその人を見て、思わず座った腰を浮かせてしまった。白いブラウスに藍色のエプロンにジーンズ。細身の、そして細面の女性。

藍子さん?

「ちょいとこの野郎にアイスコーヒーでも持ってきてくれ。いいだろうそれで?」

「いえそんな」

「若いもんが遠慮すんじゃねぇよ。怒鳴っちまった詫《わ》びだ」

「あ、じゃ、はい、それでけっこうです」

藍子さんは僕を見て微笑み、頭を下げた。その表情には単にお客さんに挨拶しただけじゃなく、うちのおじいちゃんが怒鳴ってしまってごめんなさいね、というニュアンスが読み取れた。

きっと僕は藍子さんが立ち去った後も、ぼーっとして見ていたんだろう。堀田さんはひょいと手を動かして僕の注意を引いた。

「あ、すみません」

「今のは孫の一人でな。藍子ってんだが、もう子持ちだぞ」

そうなのか。少なくとも僕よりは年上だろうとは感じたけど。そう言われてみれば佇まいに明らかに落ち着きがあったような気がする。

「すみません。その、知り合いに、いえ、姉によく似ていたもので」

本当に似ていた。姉さんに。

もう二度と会えない姉さんに。

確かめたい誘惑を断ち切って椅子に腰を下ろすと、そうかい姉さんにな、と言ってから堀田さんは腕を組んだ。それから天井を見上げてしばらく何かを考えていた。なんだかもうこちらは黙って、相手の出方を待っているしかない状況になってしまった。堀田さんというこの古本屋の店主が何かを口にするまで、失礼にならない程度に帳場の周りやその奥を観察していた。

壁に何か墨で書いてある。

〈文化文明に関する些事諸問題なら、如何なる事でも万事解決〉

これは何なのだろう。万事解決って、ここは古本屋の他によろずトラブル引き受け業でもやっているのか。いや、これだけ古い家だ。どう考えても戦前に建てられたものじゃないかと思える。ひょっとしたらその頃は何か別の商売をやっていて、その名残なのかもしれない。そういう趣がないわけでもない。

奥は住居になっているらしい。畳敷きの居間らしき部屋が少し見える。隣がカフェになっているのはわかっていた。どうやら中で繋《つな》がっていて、向こうで掛かっている音楽もかすかに聞こえてくる。今流れているのはビートルズの〈フロム・ミー・トゥ・ユー〉だ。

しかし、見事にレトロな家だ。〈古本屋〉というイデアをそのまま形にしたような家じゃないか。しかもよく手入れされていて、古いのは確かなんだけど貧乏臭い感じはまるでない。いや、むしろ豪華ささえ感じる。

そもそもの家の造作がしっかりしているんだ。

床板、柱、天井、梁《はり》、欄間の造作、襖、障子、そしてこの古本が並ぶ木製のどっしりとした本棚。どれひとつとっても材料の良さと仕上げの素晴らしさが滲《にじ》み出ているように感じられる。

これは、その昔に相当な金額と手間を掛けて建てられた家じゃないのか。日本の大工仕事の逸品と言っても過言じゃないだろう。少なくとも僕は普通の民家でこんな立派な木造建築は見たことがない。おそらく今、同じ材料でこれだけの家を建てようと思えば、掛かる金額は、億は下らないだろう。

堀田さんはまだ動かない。何かを、眼を閉じてじっと考えている。何を考えているんだ？

時計を見た。午後二時になっていた。急に空いた時間。自由になるのはあと一時間程か。会社ではきっと永坂《ながさか》が僕の帰りを待っている。

＊

「それでいいんですか？」

少し声を大きくした。なんとかなるでしょう、と言った加藤さんの態度が軽かったからだ。僕の声に反応して加藤さんの顔つきが少し変わった。

「納期の問題はいいでしょう。これだけ長い期間を想定したプロジェクトです。スタッフの疲弊による交代で、シートクロスチェックに時間を取られるだろうという予測の下《もと》に、あらかじめ余裕を持たせた加藤さんのディレクションに間違いはないと私も思います」

それはいいんだ。もともと加藤さんは人を動かすことに長《た》けた人だ。スタッフの実力を信頼してある程度任せることで責任感と自立心を養わせる。そういうタイプのディレクションを行う人だ。でも、詰めが甘いところが、いや信用し過ぎてしまうところが多々あると思っている。

「しかし、スタッフ間に生じる不協和音を、時間を掛ければなんとかなるという目算で放置しておくのは、この段階では些《いささ》か問題があるんじゃないですか？」

「それは」

加藤さんがそう言って、口をつぐんだ。僕の耳に入ってきたのは、加藤さんがサブチーフを任せた二人の仲が悪くてたびたび仕事の内容とは関係のないところで喧嘩になるという話だ。もちろん、その二人がしっかりと組めば素晴らしいものができあがるとは思う。

「それも見込んでのディレクションだとは思いますが、このままだとお尻のところで突貫工事に入らないといけなくなるのは明白じゃないですか」

確かに、それには慣れている。ギリギリのところで徹夜作業を続けてシステムを完成させていくなんてのは日常茶飯事だ。むしろそれがデフォルトになっているぐらいだけど、そこに甘えちゃダメなんだといつも口を酸っぱくして言っているつもりだ。

僕と三鷹《みたか》と永坂の三人でこの会社を始めたころだったら、まだ学生で人数が少ないころだったらそれでもいい。皆が徹夜してでも作業することで連帯感も生まれるし、何より、作り上げたプログラムにも愛着が湧く。もっと良いものにしようと思える。

でも、これだけ大きくなった会社で製品作りに必要なのは効率だ。世の中のスピードを上回る速い対応で動いていかないと、会社が成長しない。停滞したら、立ち止まったら、負けるんだ。三人だけの時代なら負けてもいい。また一からやり直せばいいだけだ。でも、たくさんの社員の生活を支えなきゃならない今は、負けるわけにはいかないんだ。

「確かに、社長の仰《おつしや》る通りです」

加藤さんが、軽く息を吐いた。僕より十歳も年上の部下。やり難《にく》いとは思う。だからこそ僕は年上の社員には常に敬語を使う。

「皆に、楽しく仕事をさせてあげましょう」

無理に微笑んだ。そうしなきゃならない。

「徹夜好きのSE体質を作り上げる要因になるものは、僕ら上の人間が極力取り除いてあげましょう。良い仕事は良い環境でこそできる。それをもう一度認識して、調整してくれませんか？」

他のチームで、飛び込みでもすぐに馴染める性格を持ったメンツの名前を何人か挙げた。

「彼らをあの二人の緩衝材に使ってもいいです。本人たちには事情を説明して声は掛けてありますので」

「わかりました。そうします」

加藤さんが、微笑みながら頷いて立ち上がる。それを見て自分も頷く。大丈夫だ。あれは本当に納得している顔だと思う。

たぶん。

「ふぅ」

午前中にこなさなきゃならない各プロジェクトチーフとの業務チェックが終わった。チーフたちは皆信頼している頼もしい連中ばかりだけど、会社もこれだけ人数が多くなるとその下の社員たちのことは把握し切れない部分も多々出てくる。むしろ把握しようとしたらパンクしてしまう。

良い意味で切り捨てろ、と言い残したのは三鷹だ。チーフを全面的に信頼して任せろ、と。

一緒にこの会社を創った友。

社長が常に把握して抱えていられるスタッフなんてたかが知れている。ヒラの社員のことなんか顔も名前も覚えないでいい。全てチーフ任せでいいんだと。その分、チーフの人選と扱いに意識を注げと。

お前の性分ではきついだろうけど、下の方は切り捨てないとやっていけないのが大企業だと。

くるっと回転して窓の方を向くと六本木の街並みがはるか下に見える。昨日まで八月の夏らしい晴天が続いたのに、あいにくの曇り空。まぁ、見通しが良い分だけ眼の保養になる。

地上四十八階。空中の楼閣。およそ千平米の僕らの城。

「三鷹ぁ」

お前、この東京の空の下、どこに居る。

「さっさと帰ってこいよ」

口に出した。さっきの加藤さんは本当に納得していたか。僕はチーフを信頼しているか。あのやり方で本当にいいのか？　もっと加藤さんのやり方を信頼した方が良かったんじゃなかったか？

「教えてくれよ」

帰ってきて、助けてくれよ。お前がいないと、背中がすーすーして淋しいんだ。

溜息をついて、椅子を元に戻すと秘書の永坂がガラスの向こうで一度立ち止まった。ちょうど眼が合ったので入っていいよ、と頭を動かすと、一礼して扉を開けた。今日のスーツはほんのりと薄く淡い桜色。陽の光の下ではほとんど白色に見えるぐらい。彼女の着こなしはいつも気持ちが良い。見る人を良い気持ちにさせるというのもセンスだと思う。

「すみません、よろしいですか」

「いいよ」

永坂は少し後ろを振り返った。

「加藤さん、少し首を傾げてましたが大丈夫ですか」

「うん」

大丈夫だとは思うけど、少し自信がない。

溜息をついた。部下の前では無理だけど、いや永坂も一応部下なんだけど彼女の前では安心できる。永坂は、三鷹を除けばいちばん長い付き合いだ。この会社の何もかもを把握してくれて、しかも僕と同じぐらいこの会社を愛してくれている。

「三鷹がいてくれたらと心底思うよ」

永坂が、ゆっくりと頷く。人を使うのは僕よりあいつの方が絶対に上手《うま》い。プログラミングだったら僕は負けないと自負しているけど。本当に社長が向いているのは僕よりあいつなんだ。でも、それに甘えてしまって、あいつは消えてしまった。いや甘えたんじゃない。何も考えていなかったんだ。僕は、会社というものがどういうものかわかってなかったただのガキだった。それをフォローしてくれていたのはあいつなのに。

必ず帰ってくると約束はしてくれたけど。

「捜してはいるのですが」

永坂がすまなそうに言う。

「いや、大丈夫」

あいつが本気で隠れているんなら誰にも捜せるはずがない。あいつの才能はあらゆるところに発揮される。

「それで、なに？」

「はい。十三時からの橋本様との会食なのですが、先程電話が入りまして」

永坂がほんの少し顔を顰めた。嫌な予感。

「まさか、中止？」

はい、と頷いた。

「どうして？　何かこっちで不備があった？」

正式な契約の前段階でのトップ同士の会食だ。向こうは五十八歳。こちらは二十五歳。親と息子みたいな年齢差から生じる様々なものをカバーするのは誠実さしかないと思って、一生懸命やってきたのだけど。

きっと僕が情けない顔をしたんだろう。永坂が、くすっ、と笑った。

「そんなことはありません。橋本様、急な腹痛で病院に運ばれたんです」

「え」

「盲腸だそうです」

「もうちょう？」

申し訳ないけど、少し笑ってしまった。いや、人の不幸を笑ってはいけないんだけど。まさか盲腸で大事な会食が直前に中止になるなんて事態が、現実に起こるなんて想像もしなかった。

「びっくりだね」

「本当ですね。私も驚きました」

「普通に、と言っては変だけど、手術すればそれで大丈夫なんだよね？　大事には至らないんだね？」

「そのようです。ご迷惑を掛けて申し訳ないけど、手術後向こうで調整されて二、三日後には専務の平坂さんなどが改めて契約の話などをしたいと」

　まぁしょうがないか。

「特に問題はないね？」

　ありません、と永坂は微笑む。

「こう言ってはこちらが悪党みたいですが、むしろラッキーだったかもしれません。体面を重んじる橋本様ですから、不可抗力とはいえこれは自分のペナルティになるとお思いでしょう。今後の展開で気持ち的にはうちがリードできるでしょう」

「そうか」

　苦笑いした。永坂は同い年だけど、本当に悪魔のように狡猾《こうかつ》なところがある。秘書としては優秀だけど、女は怖いと心底思わせてくれる。いや、もちろん彼女も、あくまでも仕事だからそういう能力を発揮しているんだろうけど。

「そうすると」

　デスクの上の時計を見た。十二時五分を過ぎた。

「約三時間ほど、ぽっかりと空いたわけか」

「そうですね」

　ゆっくりと頷いて、永坂はスケジュール帳を閉じた。

「他に何も入れません」

私の方で何か用意するものはありますか？　と訊いた。

「それはつまり、三時間、僕は自由に使っていいということかな」

「そういうことです」

最近、スケジュールがタイトでしたから、と永坂は微笑みながら続けた。

「少しですが、のんびりなさってください」

「ありがたいな」

椅子の背に凭れた。社長なんだからもっと良い椅子を使ってくださいと、永坂が仕入れてきたイタリア製のハイチェアだ。確かに座り心地は良いけれど、眠たくなってしまうのが欠点だと思う。

「〈花いた〉にはキャンセルの電話を入れましたが、どこか他に昼食の予約でも入れましょうか」

考えた。どのみち食事はしなきゃならない。せっかくだから慰労も兼ねて永坂と何か美味《おい》しいものでも食べに行こうかと思ったときに、ふいにその名前が記憶の奥底から浮かんできた。

〈東京バンドワゴン〉

そうか、まだ行ってなかったんだ。憧れの古本屋〈東京バンドワゴン〉。永坂が少し顔を動かした。

「何か、いいことを思いつかれましたか」

「どうして」

訊くと、にっこり微笑んだ。

「嬉しそうな顔をしました」

「そう？」

思わず知らず頬が緩んだかな。


古本屋巡りが趣味だ。

いや、古書が大好きだ。中学生のころから日曜日になると近所の古本屋に通ってずっとそこで過ごしていたぐらいだ。よく他人に質問されるが、古書のどこがいいのかと。むろんそれは人によって千差万別だろうけど、僕の場合は〈匂い〉だ。

文字通りの古くさい匂いじゃない。その本から立ち上る〈人の匂い〉だ。そう表現して、「あぁ、わかります」と微笑んでくれる人とは仲良くなれる気が、いや一生の友人になれる気がする。

現代の本作りを批判するわけじゃなく、明治や昭和のころの本には明らかにその作り手たちの体温を感じることができる。それは、大量生産が可能になった戦後にしても同じことだ。感覚では昭和の四十年代。それぐらいまでの本には、小説であろうとノンフィクションであろうと、人が作った感じが残っている。今の本にそれが感じられないかどうかは、また別の話だ。そしてそれは今の本がおもしろくないとかいうことじゃない。昔だろうが今だろうがおもしろいものはおもしろい。だから内容の話じゃない。

僕が愛するのは、その作り手の匂いだ。著者がどんな思いでこれを書き、装幀家《そうていか》がどんな気持ちで装幀をして、そして出版社がどんな覚悟でこの本を書店に、読者に届けようと思っていたのかがわかるような〈匂い〉。

そういうものが、古書には染み込んでいると思う。具体的に言えば、今ではほとんど消えてしまった、手で文字を組む活版印刷。ぶっちゃけ銭勘定のためなんだけど、手作業で貼り付けたと思えば愛しく思う検印証。最近は少なくなってしまった化粧函《けしょうばこ》や、手作りの趣の奥付。そういうものだ。だいたいは関わった人間の手作業が見える部分、ということになるのだけど、もちろんそれだけじゃない。

意気込み、とでも言えばいいのか。この本を、自分が感じたこの本の良さを広く世に知らしめたいと思う制作者の気持ち。古い時代の本にはそういうものが染み込んでいる。

そして何故《なぜ》かそれが大好きなんだ。どうして好きなんだと訊かれても困るけど、好きなんだ。好きに理屈なんかない。

『古書店〈東京バンドワゴン〉は凄い』

そういう噂《うわさ》を聞いたのは大学三年生のとき。ちょうど、三鷹や永坂と一緒にこの会社を設立するころだった。

この広い東京に古本屋は数多くあるけれども、きちんとした古本屋はほんのわずか。そしてその中でもあそこは群を抜いて凄いと、同業の人が何度も口にするのを聞いていた。でも、たとえば古本屋を紹介する本をいくら探してもその名前はなかった。

大学の近くにあって、馴染みになった古本屋のオヤジさんに知ってるかと訊くと、にやりと笑って言った。

「古本屋稼業をやっていてあそこを知らなきゃモグリだよ」

明治の頃から綿々と続く古本屋。言ってみれば東京の古本屋業界のドンみたいな存在だと。ただ、どういうわけだか絶対に表舞台に立とうとはしない。あらゆる取材も断る。業界なら当たり前の本の目録も出さないし、もちろんネット販売なんかしていない。

「頑固一徹を絵に描いたようなところさ」

だから、店頭売りと古くからの顧客のみ。今の時代にそれで商売が成り立つのかと思うけど、続いているんだからどうにかなっているんだろう。あるいは余程の良い顧客を抱えているのか。どこにあるのかと訊いたら、そのオヤジさんは教えられないとまた笑った。

「迂闊《うかつ》に紹介なんかしたら、どやされるからね」

下町のあの辺にあって、適当にぐるぐる回っていれば見つかるから自分で探しな、と言われた。近所の人に訊けばすぐに教えてくれるとも。それで、行きたくてたまらなかったんだけど、今までどういうわけか縁がなかった。いや、探すことを躊躇《ちゅうちょ》していた。

それほどの凄い店なら、きっと欲しくて欲しくてたまらなくなってしまう古書が山ほどあるに違いない。そんな宝の山を眼の前にして買いたいのに買えないというのは、本当に辛い。

だから〈東京バンドワゴン〉に行くのは山ほどの本を買える身分になってからだ、なんていう気持ちがあった。別にそう決めていたわけではなく、自然にそう思っていたんだ。

それで今まで行くことができなかった。その思いを胸の底に沈めてしまっていた。会社を始めたばかりでバタバタしていたのもあるし、いつの間にかとんでもなく忙しくなってしまって物理的にも足を運べなかった。

こんなときに思い出したというのは、神さまが行けと言ってるのかもしれない。

「車の用意をしましょうか？」

永坂の声で、夢想から覚めた。

「あ、いや、いいよ。電車で行く」

立ち上がった。いや車の方がいいかな。もし大量に買い込んでしまったら運ぶのに車があった方がいいか。宅配便で送ってもらえるだろうか。どっちにしても善は急げだ。ぐずぐずしていたら何か別の件でせっかくの自由時間が消えてしまうかもしれない。

「どちらまで行かれますか」

一瞬迷った。こんな個人的なことを秘書に知られるのはなるべく避けようと思っていたから。でも、社長がどこに居るかわからないというのは秘書としては辛いだろう。

「そうだな、お寺のたくさんある辺り」

「お寺、ですか？」

そう。

「あるいは、夏目漱石《なつめそうせき》や森鷗外《もりおうがい》の影を偲《しの》ぶ辺り」

＊

「はい、お待たせしました」

アイスコーヒーを持ってきてくれたのは、さっきの藍子さんではなかった。ピンクのノースリーブのシャツに白いエプロンにロングスカート。藍子さんより少し背は低いようだったけど、女性らしい体つきの、でもきりっとした顔つきの女性。うちの永坂に少し似たタイプの美人だ。どうやらカフェの方には二人の女性がいるのか。

「ありがとうございます」

僕がそう言うと、堀田さんがようやく眼を開けて、腕組みを解いた。

「今のは亜美ちゃんってんだ。孫の嫁よ」

「そうですか」

お孫さんのお嫁さん。ということはそのお孫さんは男性だ。さっきの藍子さんもお孫さんと言っていた。この家には三世代が住んでいるんだろうか。店の奥の住居部分は意外に広いのかもしれない。

「藤島さんよ」

「はい」

「おめぇ、この店の本を全部買いたいけど、おおよそいくらぐらいになりますか、なんてぬかしやがったな」

言った。何気なく言ってしまったんだけど確かにそれは失礼だったかもしれない。思わず唇を噛んでしまった。

いつから僕はこんな感覚を持つようになってしまったのか。確かに金はあるけど、それをひけらかすような人間が大嫌いじゃなかったのか。昔の僕は。

「すみません。失言でした」

立ち上がって頭を下げた。堀田さんが怒るのも当たり前だ。それは、あらためてこの店を見渡せばよくわかる。

古くさいのに、塵《ちり》ひとつない店内。棚に並んだ本に積もる埃なんて、それこそ塵ほどもない。毎日毎日、開店前にあるいは閉店後に丁寧にはたきを掛けている証拠だ。和書に洋書、文学やノンフィクション、歴史書や研究書などきちんとわかりやすく分けられたジャンルに、著者名順に見やすいように並べられた本。子供用の童話や絵本なんかはちゃんと子供の目線の高さの棚に揃えて置かれている。

本に、古本に並々ならぬ愛情を持って商売をしていることがこんなにも伝わってくるじゃないか。そんな人に、きちんと話をしないでいきなり全部ひっくるめて買いたいなんてそんな失礼な話はない。

怒鳴られて、怒られて当たり前だ。

「まぁいいから座れや」

堀田さんが微笑んだ。そして僕がさっき差し出して文机の上に置いたままになっている本を取り上げた。

伊丹陣吉郎《いたみじんきちろう》の『淋しい烏《からす》と貘《ばく》の歌』。まったく知らない詩人の本だ。奥付は昭和十六年発行となっていた。

「この本を持ってきた理由を聞かせてくれや」

「はい？」

「おまえさんは、まずこれを持ってきて、欲しいと言ったな。それからついでにこの店にある本を全部買いたいなんて言いやがったけどよ。この本を持ってきたのは、買いたいと思ったのはどういう理由かって訊いてんだ」

「それは」

この本が欲しかったからです、なんていうのは当たり前過ぎてまた怒られるだろう。

「この本が、美しかったからです」

堀田さんは、うむ、と頷いた。

「僕は詩の善し悪しなど何もわかりませんし、この作者の名前にも覚えはありません。ですが、冒頭の故郷のことを詠《うた》った詩は、これは鳥取砂丘のことですね」

「そうだったな」

堀田さんは本をそっと開いて、ページをめくって小さく頷いた。

「実は僕も小さいころは鳥取に住んでいたのです」

「おお、そうかい」

「読んだ瞬間にあの広い砂丘の風景が浮かんできました。懐かしさもあったのですが、それを差し引いても、とても良い詩だと思いました。なにより」

「なにより？」

「挿絵と詩の関係が素晴らしいと思ったんです」

挿絵を描いたのは林与平となっていた。これも知らない名前だ。でも、おざなりの挿絵ではない。

「素人の感覚ですが、挿絵を描いた画家はこの詩を完璧に理解し、表現していると感じたのです。詩と挿絵、一足す一が二ではなくて、まるで百にもなっているように思いました。そして誰の手によるものかは書かれていませんが、その挿絵と本文をものの見事に融合させた装幀もまた素晴らしい」

正方形に近い形をした造作で、一ページ一ページがまるで絵画のようだ。そのまま額に入れて飾ってもいい。

「使い古された表現ですみませんが、作り手たちの魂がそのまま感じられたんです」

魂ね、と堀田さんは頷く。

「それに、なによりも良いと感じたのはですね」

「おうよ」

「本の状態が素晴らしく良いのです。発行されてもう六十年以上が過ぎているのに、よれも汚れも傷も角落ちもほとんどありません。これは余程丁寧に保存されてきたのでしょう。この本を作った人間だけではなく、この本を愛した買い手の、持ち主の気持ちまでもが感じられたからです」

だから。

「この本が欲しいと思ったんです」

堀田さんは、にっこりと笑った。笑って、ぱん！ と手を打った。まるで神棚に向かって柏手《かしわで》を打つように。

「てぇしたもんだ」

「はい？」

「褒めてんだよ嬉しがれよ」

「あ、ありがとうございます」

まぁ飲めよ、とアイスコーヒーを示したので、いただいた。美味しかった。きっと知らないうちに緊張して咽《のど》が渇いていたんだ。

「たかがこんな古本一つによ、そこまで思い入れ込めて話す奴なんざぁ滅多に居ねぇ」

「そう、ですか」

まぁそうかもしれないぃ。そのとき、奥の方から「親父ぃ」と、妙に間延びした声が聞こえてきて、長身の男性がのっそりと店の方に入ってきた。

びっくりした。

金髪長髪に黒いサングラス。真っ赤なTシャツにすり切れた黒いジーンズ。ゴールドのブレスレットに腕にはタトゥーも入っている。

この人は。

「なんでぇ、おめぇいつ帰ってきた」

「さっきだねぇ。あぁ、お客さんいたのぉ」

僕を見た。そして、くいっ、と首を傾げた。

「あれぇ？　きみぃ、S&Eの藤島くんじゃないのぉ？」

やっぱり、そうだったのか。

我南人さん。

日本が誇る永遠の、そして伝説のロックンローラー〈我南人〉。

デビューは高校在学中の十八歳。日比谷《ひびや》野音の他人のライブに飛び入りして、その場に居た全ての観客を熱狂の渦に巻き込んだ。そのとぼけた言動と破天荒なルックスは日本中のPTAを敵に回し、日本中の若者たちのヒーローになった。伝説の二十日間連続コンサートでの延べ動員数記録は今もって破られていない。

なんで、あなたがここに。

いや、我南人さんは堀田さんのことを〈親父〉と呼んだ。ということは、親子？　この二人が、親子？　ここは我南人さんの実家なのか。

「ご無沙汰しています」

思わずまた立ち上がって頭を下げた。

「なんでぇ知り合いかよ」

「知り合いというかなぁ、一度だけレストランで会って少しだけお話ししたんだよねぇ。一年ぐらい前だったぁ？」

そうです。その通りです。まさか覚えていてくれるとは思ってもみなかったのでそう言うと、我南人さんは笑った。

「僕ぅ、記憶力だけは自信あるんだよねぇ」

「へっ」

堀田さんが顔を顰めた。

「そりゃあおめぇを産んだ俺でも知らなかったぜ」

「僕を産んだのはおふくろだねぇ」

「うるせぇよ種は俺じゃねぇか」

なんだこのベタな親子漫才は。

「そういえばぁ」

我南人さんがそう言って、でも、そこでピタリと止まってしまった。僕も堀田さんも次の言葉を待ったけど、我南人さんは止まったまま首を捻って僕の顔を見ていた。なんだ？

「なんだよからくり人形みてぇに固まりやがって」

我南人さんは、ぽん、と手を叩いた。

「親父ぃ」

「なんでぇ」

「もうすぐお盆だねぇ」

「あ？」

僕も首を捻った。今日は八月八日。確かにもうすぐお盆だけど。

「ちょっと親父来てくれるぅ？　藤島くんごめんねぇ少しだけ待ってて」

本でも読んでてぇ、そう言うと我南人さんはなんだなんだと訝《いぶか》しがる堀田さんの背を押して奥の居間らしき方へ引っ込んでいってしまった。僕も何だろうとは思ったものの、言われた通りまた本棚の前に立った。思わず頬が緩んだ。ここなら、何時間でも一日中でも待っていられる。

からん、と音がして戸が開いたと思うと、「ただいまぁ！」という元気な声がユニゾンで響いた。ランドセルを背負った男の子と女の子が笑顔で店に飛び込んできて、眼が合った。

「いらっしゃいませ！」

女の子が躊躇なくぺこんと僕にお辞儀して、男の子もそれに合わせて頭を振った。僕もつい笑顔になってしまう。何年生だろう。まだ高学年ではないのは確かかな。

「お帰りなさい」

男の子は、どうぞごゆっくりー、と言いながらそのまま走って家の中に駆け込んだ。

女の子は立ち止まって店の中を見回して、にこっと笑う。

「誰も居ませんでしたか？」

「あ、いや。待ってるように言われたんだ」

おじいちゃんに、と言うと、女の子はまた笑った。可愛い子だ。

「たぶん、違います」

「え？」

「大じいちゃんです。そう言ったの」

大じいちゃん。なるほど、堀田さんの曾孫さんか。待てよ、そうするとこの家には四世代が住んでいるのか？

「お帰り」

後ろから声がして振り返ると、藍子さんが微笑みながら立っていた。

「お母さん、すぐにりょうちゃん来て一緒に宿題しちゃうから」

おやつねー、と言って女の子は家の中に駆け込んでいった。藍子さんは、それに返事をした後に、僕に向かって頭を下げた。

「すみません、騒がしくて」

「いえ」

微笑んだその顔から眼が離せなかった。本当に似ている。

「お子さんですか？」

「はい」

女の子が、花陽という自分の娘だと。男の子は、もう一人の亜美さんという女性の息子の研人。そう説明してくれて、藍子さんは「ごゆっくり」と微笑んでまた隣に戻っていく。

混乱していた。いや姉にそっくりな藍子さんのせいではなく、ここの家族構成に。

「大じいちゃんの堀田さんが居て、息子の我南人さんが居て」

そうすると、藍子さんは我南人さんの娘さんか。そして花陽ちゃんが藍子さんの子供。研人くんは亜美さんの息子ということは、その旦那さんもいてそれが堀田さんの孫。つまり我南人さんの息子。ええっとじゃあ我南人さんには二人の子供がいて。

そんなことを、他人の家の家族構成を想像している自分がおかしくて苦笑した。一歩二歩、店の端まで下がって見回した。なんだろうこの家は、古書店〈東京バンドワゴン〉は。おもしろい。頬が緩みっ放しになってしまっている。

あれだ、ここにずらりと並んでいる古書と同じなんだ。何かの〈匂い〉がある。頬を緩ませてしまうような匂い、香り。それをなんと表現したらいいんだろう。詩人や作家がうらやましいと思う。きっと素晴らしい言葉でそれを表現してくれるのだろうけど。

「おう、すまんな長《なげ》ぇこと待たせて」

堀田さんが奥から出てきた。気づけば十五分は経っていた。

「いえ」

「さて、と」

帳場に腰掛けて、堀田さんが僕を見た。

「まだ時間はあるのかい」

時計を見た。あと一時間は、いや次の予定には余裕を持たせているからもう少し大丈夫か。

「ありますが」

「坊さんが来てるんだがよ」

「お坊さん？」

「盆にはまだ早いんだがな。ちょいと仏壇に線香上げてもらうんだけどよ。すぐに終わるから付き合ってくれねぇか」

面食らうというのはこういうことだ。

「え？」

「ほんの二、三分だ。おめぇさんの欲しい本についてはそれが終わってからってことで」

頼むわ、ほら、遠慮しねぇで上がってくれと堀田さんに肩を叩かれて、どうしようもなくて僕は靴を脱いで家の中に入ってしまった。

やっぱり、居間だった。大きな一枚板の座卓。これは檜《ひのき》かなんかだろうか。茶簞笥があって小さなガラス戸の本棚があって、縁側には猫が二匹いてこちらを見ていた。その向こうに小さな庭と蔵。あの蔵にはひょっとしたら古書が詰まっているんだろうか。

続き間になっている座敷に仏壇があって、こちらに背を向けて袈裟《けさ》を着たお坊さんがもう座っていた。お線香を上げて、数珠を手に何やら呟いている。

「ごめんねぇ藤島くんぅ、ちょっと付き合ってねぇぇ」

「はぁ」

我南人さんが笑って、そのお坊さんのすぐ後ろに座布団を出してくれた。そこに座ると少し離れて隣に我南人さん、反対側に堀田さんが胡座《あぐら》をかいた。

懐かしい。お線香の香りに包まれるなんて何年ぶりだろう。そしてこの畳の部屋の匂いに、仏壇の醸し出す雰囲気。あの写真のきれいな女性は誰だろう。

ちーん、とおりんが鳴った。

お坊さんが数珠を鳴らす。そして読経が始まった。途端に水を浴びせられたように全身が反応した。

これは。

この声は。

聞いたことがある。

いや、高校時代からずっとずっと僕の横から響いていた声。

思わず身を乗り出してお坊さんの肩を摑もうとして思いとどまった。読経の最中じゃないか。

その僕の様子を見て、堀田さんが大きな空咳《からぜき》をした。読経が切りの良いところで止まった。そして、お坊さんが仏壇に手を合わせてから、ゆっくりと座布団の上で身体を回して、僕に向かい合った。

「三鷹！」

三鷹が、そこにいた。

長い髪を坊主にして。

あの皮肉っぽい笑みを浮かべて。

「藤島」

三鷹の「か」を叫んだまま開いた口が塞がらなかった。

これは、なんだ。これは、どういうことなんだ。

思わず我南人さんを、堀田さんを見た。あれだけ捜しても見つからなかった奴が、友が、三鷹が、ここに、ずっとずっと来たかった〈東京バンドワゴン〉にいるなんて。

しかもお坊さんの格好をして。

「藤島さんよ」

「はい」

堀田さんは右手をひょいと動かして三鷹を示した。

「この三鷹ってぇ小坊主は半年ぐらい前によ、この近くの巌善寺《がんぜんじ》ってぇところに突然やってきてな。人間的に修行をしたいとか言い出したのよ」

「修行？」

三鷹が、僕を見て微笑みながら頷いた。

「で、僕はぁ、あのときに会っていたからぁ、ここに挨拶に来たときにすぐにわかったんだねぇ。S&Eの三鷹くんだってぇ」

そんな、そんな偶然って。

「俺は細《こま》けぇことはまるっきり聞いてなかったんだけどよ、おめぇたちは同じ仕事をしてたんだろう？」

「そうです。会社を一緒に創った仲間です」

「創業者の一人ってかい」

三鷹が、堀田さんに向かって頷いた。

「黙っていて申し訳なかったです」

堀田さんは別にいいやな、と笑った。

「人それぞれ事情ってもんがあらぁな。で、まぁ我南人はその辺の事情をこの小坊主に聞いてたらしくてな。さっきおまえさんと顔を合わせて、あらこりゃあ偶然だってことで、二人で奥に引っ込んで打ち合わせしたのよ」

「三鷹くんも何日か前に言ってたからねぇ。そろそろ修行を終えて会社に帰る潮時《しおどき》かなってねぇ。じゃあぁ、これも何かの縁なんだから、ここで二人を引き合わせてやろうってねぇ」

からからと二人で笑った。三鷹もにこにこしている。なんだお前その爽やかな笑顔は。なんて日なんだ。

こういうのも、縁って言うのか。

ようやく驚きが引っ込んでいって、だんだんと肩に入った力が抜けて行った。恥ずかしいけど少し眼も潤んでいたかもしれない。堀田さんが僕の肩をぽん、と叩いた。にこっと笑った。

「お前さん方は、良い仲間らしいなぁ」

「はい」

「大事にしな。仲間ってのは古本とおんなじよ。古くなればなるほど、時間を過ごせば過ごすほどそれぞれに味が出てくる。そのお互いに過ごした時間ってぇやつだけはよ、神さまだって作れやしねぇからな」

わかりました、と頷いた。その通りだと思う。

まぁこれで一件落着かと、皆で店の方に戻ってきた。三鷹はこれから一度お寺に戻るそうなので一緒に行くことにした。

帳場に座った堀田さんを見たときに、後ろの壁の墨文字がまた眼に飛び込んできた。

〈文化文明に関する些事諸問題なら、如何なる事でも万事解決〉

まさに、万事解決だ。どうしてそんな言葉が書いてあるのかまるでわからないけど納得してしまった。

「おっ、忘れてたぜ。それとよ」

「なんでしょう」

堀田さんは、文机に置いたままだった、あの『淋しい鳥と貘の歌』を茶色の袋に入れて、僕に差し出した。

「かなりの掘り出しもんなんだけどよ、おめぇさんのよく出来た口上とその小坊主に免じて二千円におまけしとくぜ」

「ありがとうございます！」

初めてだ。こっちが買う側なのに、お礼を言うなんて。でも、本当に素直にその言葉が出てきた。

「いやいやぁ、その台詞《せりふ》を言うのはぁ、こっちの方だねぇ藤島くんぅ」

我南人さんが言って、皆で笑ってしまった。

「でも、売る本はないと言われてしまっていたので、つい」

そう言うと堀田さんは、あぁ、と頭をがしがしと擦った。

「そうだったなぁ」

背筋を伸ばして、堀田さんは腕を組んだ。

「まぁいきなりふてぇことをぬかしやがったおめぇさんだけどよ。古書が好きだってぇ気持ちは充分にわかった。若いのにしちゃ珍しいからよ、ほら、あれだ」

ポン、と文机を叩いた。

「その本を改めて読んでよ、感想文を持ってこいよ。そうしたらまた本を一冊売ってやる」

「一冊ですか？」

あったりめぇよ、と堀田さんはにやっと笑った。

「その金持ち野郎のくそいまいましい性根が消えるまではよ、感想文一枚につき一冊だ。それで良かったら、待ってるからまた来いや」

来ます。

思わず子供のように強く頷いて、言ってしまった。

「必ず来ます！」

＊

帰ったら、まず永坂を呼ぼう。

彼女は社長室に呼ばれたらまずスケジュール帳を開く。そしてペンを持って僕の次の言葉を待つんだ。

だから、こう言うんだ。

「三鷹も帰ってきたことだし、これから週に一回、何曜日でもいいから二時間ぐらい昼間の時間を空けてくれ」

きっと永坂は軽く頭を捻るだけで、わかりました、と言いメモをする。たぶん、どこかのジムにでも通いますか？　とでも訊くだろう。

そうしたら、教えてやるんだ。

「古本屋に行くんだ」

〈東京バンドワゴン〉に。

野良猫ロックンロール

鈴木《すずき》秋実《あきみ》

「我南人！　なにやってんだよ！」

「だってぇえ、見つけちゃったんだからぁあ、見て見ぬ振りはできないねぇえ」

ガナト？　それ、名前？

なんだ、この男。

でかくて、リーゼントで、革ジャン着て、それなのにのんびりイライラするぐらいゆっくりと話してる。

そんなふうに、のんびり話しながら、三人のチンピラを相手にしてる。

違った。戦ってるんじゃない。のらりくらりと躱《かわ》してるんだ。まるで流れる水みたいだこの人。

「しょうがねぇなまったく！」

他の人たちがその中に飛び込んで行った。きっとこの人たち、バンドマンだ。ロックンロールでも演《や》ってる連中なんだ。皆それぞれ楽器持っていたもの。その楽器を、離れたビルの陰に置いて、走って。

あ、エレキギター持ってた男が跳び蹴り喰らわした。たぶん、エレキベース持ってた人は、あの人空手やってる人だ。凄い蹴りを入れてる。あの目茶苦茶身体が分厚い人はドラマーかな。何かやっていたんだろうか、チンピラの首根っこにスリーパーホールドしているけど。相手はまったく動けない。

凄い。

なんだこいつら本当に。

ロックンローラーって、みんなこんなにケンカが強いの？

「我南人！」

ギターの人が叫んだ。

「なぁにぃ」

うわ、このガナトって人は、どうしてこんなに落ち着いているんだろう。

「ここは任せろよ！　お前はその子連れてけ！　ちゃんと面倒見るんだぞ！」

「気をつけろよ！　野良猫みたいに爪出してるぞぉ！」

「怪我してるみたいだから、手当てもしてやりなよー」

他の人がケンカしながらもそうやって言って、ガナトって人が、こっちを見た。

「んー、わかったぁあ。じゃあああ、ボン、鳥《トリー》、ジロー、あとは、よろしくねぇえ」

わかった。

ガナトって、ボンって、トリー、ジローって。

〈LOVE TIMER〉だ。

智子《ともこ》が恰好《かっこ》良いって言ってた、最近すごく人気があるって言ってたロックバンドだ。確かこの人たち、この間もすぐ近くでコンサートやっていたんじゃなかったっけ。ポスターを見たような気がする。

ガナトって人が、あたしの前に立った。

「大丈夫ぅう？」

なんだろう、この人。ニコニコしてる。しゃがみこんできた。

「口、きけるかなぁ？」

子供か、あたしは。

「きけるよ。大丈夫だよ」

ガナトの顔があんまり近くにあったので、急に恥ずかしくなって右手をついて立とうとしたけど。

激痛。

またしりもちをついちゃった。駄目だ。立てない。骨は折れてないとは思うけど。

「無理しない方がいいねぇえ」

ガナトが、すっと動いたかと思ったらあたしは抱っこされていて。

「ちょっと！」

「あぁ、やっぱり抱っこは無理かなぁあ。おんぶだねぇ、そのまま背中に回っててぇえ」

回ってって。でも背の高いこの人はあたしを下ろそうとしないし暴れて飛び降りるのには手首も足首も痛くて。

やっぱりこれ、ヒビぐらいは入っているかも。仕方なくて、ガナトの腕に誘導されるままに身体をずらして背中に移動して。

それにしてもこの人、痩せっぽちなのに、こうやってあたしを抱っこしたりしても少しもふらつかない。よほど力があるんだろうか。ロックンローラーはみんな鍛えているんだろうか。

「よいしょぉお」

ガナトが背中のあたしをもう一度ひょいと上にあげて、あたしは何だか恥ずかしくてそれ以上騒げなくて。

「しっかり摑まっていてねぇえ」

歩き出した。あたしの腿のところを抱え込んだ腕が、逞《たくま》しく感じる。

「名前、なんていうのぉ」

「秋実」

答えちゃった。なんだかこの人の口調って逆らえない。

「アキミちゃんかぁ。どういう字ぃ？」

「季節の秋に、果実の実」

いい名前だねぇって。あたしはちっともそんなこと思わないけど。顔も覚えていない親が、あたしを捨てた親がつけた名前なんてそれこそ捨てたかったけどそうもいかなくて。

それっきり、ガナトは何も言わないであたしをおんぶしたままひょいひょいって歩いていく。舗道を歩いている人たちがちらっちらっとあたしを見てる。

違うか、あたしじゃなくて、ガナトを見てるんだ。そうだよね、確か結構もう顔も売れてるんだよね。

喋《しゃべ》りたくなんかなかったけど、この人があんまりにも黙ってるもんだから。

「ガナト、さん、って、ロックンローラーでしょ」

「そうだよぉお、知ってるのぉ？」

「智子が、あたしの友達が好きだって言ってた」

「その友達によろしくねぇえ」

なんで、この人、こんな喋り方なんだろう。そしてどこへ向かって歩いてるんだろう。

「さっきの、仲間。バンドの人たち、大丈夫かな」

「全然平気だねぇ。あいつらぁ僕より強いからぁ。もう終わってきっとどっかで酒飲んでるよぉ」

「バンドやってるのに、あたしのためにケンカなんかして」

ガナト、さん、が、ちょっとだけ頭を動かした。背中のあたしを見るみたいに。

「大丈夫だよぉ。皆、手はなるたけ使わないようにケンカするからねぇえ。商売道具だからねぇ」

そういえばそうだった。キックばっかりしていたっけ。

「寒くないかいぃ」

「大丈夫」

背中が、あったかい。もう十月だから風が冷たいけど、その風もこの人が、ガナトさんが遮ってくれているみたいに、暖かい。

「ガナト、って、どう書くの？」

「我、南の人だねぇ。変な名前でしょうぉ？　うちのじいちゃんがねぇ、つけてくれたんだよぉお。じいちゃんね、南に住みたかったんだってさぁ」

「本名だったの!?」

びっくりした。てっきり芸名かと思ったのに。南に住みたかったから、我南人か。

「いい名前じゃん」

「そおぉ？　そりゃあ良かったなぁ」

「ねぇ我南人、さん」

「呼び捨てでもいいよぉ、慣れてるからねぇえ」

「どうしてそんな喋り方なの？　普通に喋れないの？」

「できるよ。普通に話せって言われれば」

あ、本当だ。

「じゃあ、どうして」

我南人さんが、ちょっと首を捻った。

「僕ねぇ、すっごく小さい頃、どもっちゃってたんだぁ」

元に戻した。

「つっかえちゃうんだ？」

「そう、急に上手に喋れなくなっちゃってねぇ。なんだか、自分の考えていることにぃ、喋ろうとしていることにぃ、口が追いつかないって感じでさぁ。そうしたらさぁ、ある人の喋り方を思い出してさぁ、真似してみたら全然なんともなかったんだぁ」

「それが、この喋り方なんだ」

こんな喋り方する人って、その人なんなんだ。

「それからずーっとこうなんだぁ。今はねぇ、もう普通に喋ってもぉ、大丈夫だけどねえ。面倒臭いしぃ、気に入ってるからこのままでいいかなぁって」

「変なの」

「変かなぁ」

「変だよ」

笑っちゃった。あのチンピラに殴られたり蹴られたりしたところはじんじん痛いんだけど、なんだか我南人さんの喋り方聞いてたら、おかしくて痛みも薄れてくみたいだ。

「どこに向かってるの？」

「僕のうちだねぇ。こっから近いんだぁ」

「どうしてあんたの家へ」

「だってぇえ、このまま君の家へ帰ったらぁ、お家の人心配するでしょう？　心配ないよぉ。家には医者っぽい人もいるし、女の子の服もあるからぁ、着替えてさぁ」

あたしにはね。

「家なんか、ないよ」

「ないぃ？」

あたしは、孤児だから。

「施設が、住んでるところさ」

埼玉にあるんだけど、だから別にいいんだ。

「心配する親もいないし。どうでもいいんだ」

「でもぉ」

我南人さんがまた後ろを向くように頭を回した。

「さっきぃ、友達の名前を言ったねぇえ。智子って」

「うん」

智子は、同じ施設で暮らしている子。同じ時期に入って、今までずっと仲良く暮らしてきた。

あたしの、いちばんの友達。

「なんだぁあ」

「なに？」

「家があるじゃないかぁ」

「ある？」

我南人さんが、大きく頷いた。

「親友の智子ちゃんと一緒に暮らしているんだろうぉ？　他にも仲間がいるんでしょうぉ？　心配してくれる、施設の大人の人もいるんでしょうぉ？」

「うん、まぁ」

「じゃあぁ、そこが君の家だねぇえ」

「家って」

だから養護施設だって。

「家はねぇえ、秋実ちゃん。心の中にあるものなんだよぉお」

「心の中？」

「心がLOVEを感じてさぁ、その人と一緒に居たいって思っていたらぁ、そこはもう君の家なんだぁ。智子ちゃんとは一緒に居たいんだろうぉ？」

「うん」

それはそうだけど。

「LOVEだねぇ」

なんだ、この人。何言ってるんだか全然わかんないんだけど。

LOVEだねぇって。

「馬鹿みたい」

笑っちゃった。歌詞じゃないんだからさ。普通に喋っててLOVEなんていう人、初めて会った。

この人、我南人さん、何にも訊かない。

どうしてあんなチンピラにからまれていたのか。殴られていたのか。

こんな、施設から遠く離れたところにいるのか。

鞄も何も荷物ひとつ持ってないのか。

気を利かして訊かないのか、それとも、何にも訊かなくてもいいって思ってるのか、何にも考えてないのか。

どれでもいいけど。

でも、なんか、それが嬉しい。心地よい。このまま、背中におぶさっていたい。

「我南人さんの家は、家族が多いの？」

「多いってほどでもないなぁ。親父と、おふくろと、僕と、あとはセリちゃんと拓郎くん」

「せりちゃんとタクローくんって、我南人さんの兄妹？」

「いや、居候だねぇ。うちで修業してるのさぁ」

修業？

「なにやってるの？　我南人さんち」

「うちはねぇ、古本屋なんだぁ。〈東京バンドワゴン〉っていう名前の」

古本屋？

東京バンドワゴン。

「変わった名前だね」

そうだねぇって我南人さんが笑った。

「きっと君も気に入るよぉお。愉しめる楽しい家だからねぇ」

楽しい。楽しい家ってどんな家だ。

そうか、あたしは今から古本屋さんに、〈東京バンドワゴン〉に行くのか。

会うは同居の始めかな

堀田《ほった》　青《あお》

「はい、それでは皆さんお疲れさまでした。ツアーもこちらで解散となります」

ここで、にっこりと笑いながらも、表情にはほんの少しだけ淋しそうな色をつけるんだ。

「道中何事もなく、そして皆さん本当に素晴らしい方ばかりで、添乗員としてこんなに楽で、しかも仕事とはいえ楽しい旅行は久しぶりでした」

初めてでした、とは言わないように。何故なら今日はリピーターさんがいるからね。

「いつかまた、皆さんと一緒に旅ができればいいと心底思っています。繰り返しになっちゃいますけど、本当に、本当にお疲れさまでした！」

ここで、しっかりと全員を見回してから、深々とお辞儀する。すると周りに集まったツアー客から歓声と拍手が沸き起こるんだ。

そして始まるお決まりの記念撮影。

「青さーん、一緒に撮ってー」

「はいはい」

「堀田さん元気でねー」

「はい、鈴木さんもお元気で！」

「お名残惜しいですね」

「こちらこそ、安藤さんもお元気で」

全員の名前を覚えるのはむろん当たり前。最後まで笑みを絶やさないのも鉄則。お客さんがこの場を離れるまで待つのもそう。

そして、俺にじゃなくて家で待ってる人に持って帰れよって言いたいけど、たくさんのお土産もここで貰ってしまうんだ。一応添乗員規則ではお土産は貰ってはいけないことになっているんだけど、そういうものはしょうがないよね。一度断ってから、本当に済まなそうな顔をしてから、言う。

「では、今回だけということで。ありがとうございます」

そして、そっと囁《ささや》く。

「次は、お土産はけっこうですからね」

老若男女問わず〈次は〉を言う。これが基本。むろん女性陣には必要以上にソフトにきめ細かに。男性陣には熱さを秘めてかつざっくばらんに。

別に営業のノルマがあるわけじゃないけど、ツアー添乗員を指名されるっていうのはかなりポイントが高い。この時代、契約添乗員として生き残っていくのもこれでけっこう、っていうか相当大変なんだぜ。

「青ちゃん、電話番号教えて」

「すみません、規則でそれはできないんです」

それは本当だし、正直な話、教えたくない人も多い。

「堀田さん、お家どこなの？」

「それも教えられないんですごめんなさい」

でも、断ってばかりだと気を悪くしちゃうからね。こういうとき実家が商売やってるってのは便利なんだ。

「でもですね、実家、古本屋なんです」

「古本屋？」

「はい。〈東京バンドワゴン〉っていう名前です」

東京の下町にありますから、機会があったら探して来てください！　とにこやかに、笑顔を絶やさず、手を振って今回のツアーの皆さんとお別れ。

はい、お仕事終わり終わり。

＊

「やれやれ」

ツアーが終わっていちばん最初に駆け込むのは、煙草が吸える喫茶店。しかも分煙とかじゃなくて普通にテーブルに灰皿が置いてある喫茶店ね。今じゃ本当に少なくなっちまったけど、まだ生き残っているところもけっこうあるのさ。

今日は神保町《じんぼうちょう》の〈多摩蘭堂《たまらんどう》〉というところ。ここは常連になっているんだ。もう長い間やっている店で、お客さんの年齢層が幅広いし、俺が添乗員であることも知ってるからツアーのお客さんから貰ったお土産を置いていくこともある。

いや、しょうがないんだよ。貰ってもどうしようもないものだってあるんだからさ。家に持って帰ってゴミになるより、誰かに喜ばれた方がずっといいだろ？

「お帰りなさい。久しぶりじゃない」

ウェイトレスの杏《あんず》さんがお冷やを持ってきてニコッと笑ってくれる。

「あぁ、杏さん。あれ、痩せたんじゃない？」

決まり文句。これを言われて怒る女性はあんまりいないよね。

「何言ってるのよ。そんなことないわよ」

「そうかな。なんか顎のラインがシャープになった。お化粧変えたのかな」

一ヶ月や二ヶ月会わなかったら若い女性はお化粧の仕方を少しぐらい変えるのは当たり前。そして、変わったことに気づいてくれるのは嬉しいもんだよね。

「あー、そうかもしれないわね」

案の定、杏さんはさらにニコニコしてくれる。いいよね。いいよ。女の人が喜んでくれるのを見るのはいいもんだよね。笑顔って最高だよね。別に美人じゃなくたっていいのさ。女性っていうのは、笑うだけで周りの人を気持ちよくさせる力を誰だって持ってるんだ。

我が家の家訓の〈**女の笑顔は菩薩《ぼさつ》である**〉じゃないけどさ。ひいじいちゃんはホントにいいこと言うなって感心するよ。

だから、褒めるんだ。そりゃあ口からでまかせってこともたまにはあるけどさ。いいじゃん。喜んでくれてこっちも嬉しくなるんだから。それにこれも大事な営業活動。

誰だって、旅には行きたいじゃん。相談するのに旅に詳しい人が知り合いにいた方がいいよね。そんなときに「あ、青ちゃんに」となってくれればそれでオッケー。

旨いコーヒーを飲んで、何十時間ぶりの一服の余韻に浸っていたら、後ろから声を掛けられて振り向いた。

「こんにちは！」

「あぁ」

カワイイ女の子が二人。誰かと思ったら、えーと、確かこの子は。

「成美《なるみ》ちゃん、だっけ？」

「そうですー」

「それから、美登里《みどり》ちゃんだ」

覚えていてくれたんですかー、って二人してニコニコ笑いながら身体を揺する。近くの大学の学生さんだよ。

「覚えてますよー。カワイイ子は特に」

反射的に微笑むとまたニコニコと笑って騒いでくれる。いいね、そういう反応がいいんだよ。

前に、彼女たちの大学の経済学部で、俺が契約する旅行会社が特別講義をやったのさ。〈海外留学と外国で暮らすための知恵〉っていう長ったらしいタイトルでね。全四回だったかな？ そこで俺も喋ったんだ。海外旅行の知恵となんたらかんたらっていうのを。そこで熱心に質問やらをしてきたのがこの子たちだ。観光とか旅行に興味があって、将来はそういう職種に就きたいらしいね。

「お仕事の帰りですか？」

失礼していいですかって訊いてから、二人ともちょこんと控え目に向かい側に座った。

いいね、そういうのがちゃんとできる子はいいよね。

「そう、イタリアから帰ってきたばかり」

「お忙しいんですね」

「いや、そうでもないよ」

景気の良い頃ならいざしらず、昨今は旅行にお金を掛ける人も減ったからね。

「なかなか大変なんだこれで」

「この間も、皆で堀田さんのことを噂していたんです」

「へぇ、なんで」

そりゃあ俺がカッコいいからだろう、なんて思っても口にはしませんよ。ジョークで使う以外はね。

「あのときの講師の皆さんと、合コンしたいねって」

「合コン？」

そんなこと考えてたのか。確かに、あの特別講義のときの講師の面子《メンツ》はね、偶然なんだけどいい男ぞろいだったんだ。しかも部長を除けば何故か独身ばっかり。

「いいよ、全然」

「いいんですか？」

美登里ちゃんが眼を輝かす。いいとも。

「ってことは、そっちは同級生ばっかり？」

成美ちゃんは首をちょっと横に振った。

「先輩とか、いろいろです」

カワイイ子ばっかりですよってニコッと笑う。実際この子たちも充分カワイイんだよね。いいでしょう、やりましょう。

「何人ぐらい？」

「わたしたちの方は、五人か六人、かな？」

二人で顔を見合わせて、考えてた。少し増えるかもしれないって言う。五人か。特別講義に参加したのは俺を含めて三人。あと二、三人か。

「オッケー、じゃあカッコいい独身を見繕っておくよ」

俺も今年で二十五歳。まだまだ結婚する気なんかないし、むしろ一生独身でいいかなって思ってるぐらいだけど、カワイイ子と仕事抜きで飲むのは大好きさ。

できれば、めんどくさくない子たちとね。

正直、家にまで押し掛けてくるのは本当にカンベンって思う。ツアーで長い時間過ごすと本当に勘違いしちゃうお客さんって多くてさ。なるべくそんなことにならないように気をつけてはいるんだけど、なかなかね。

＊

駅から商店街を抜けて家に向かって歩いていたら、突然後ろから誰かに腰の辺りを抱きしめられた。

「青ちゃん！」

お、学校帰りか。身体を捻って右手でその頭を抱えてごしごし撫でてあげる。まだキューティクルいっぱいのつやつやの髪と、すべすべのお肌。カワイイ姪《めい》っ子の花陽。

「お帰り！」

「元気だったか？」

「うん！」

見回したら、一人だった。

「研人は？」

「もうとっくに帰ったよ。誰かと遊ぶんでしょ」

「そっか」

甥《おい》っ子の研人。生まれたときから一緒にいるし、おしめだって替えたしお風呂にも入れた。花陽だってつい三、四年前まで一緒に入ることもあったんだけどね。それが小学六年にもなるとすっかり女の子らしくなっちゃってまぁ。

「お土産は？」

「今回はスゴイぞ。たっぷりあるから」

嬉しそうに笑う。眼や唇のつくりとか細かいところは藍ちゃんには似てないから、きっとお父さん似なんだろうな。

どこの誰かもわからない、花陽のお父さん。

そういう意味では、堀田家の中で花陽と俺は、同じものを抱えていると思うんだ。口に出しては言わないけど、お互いに片親しか知らない身の上。

花陽が俺を慕ってくるのも、そういうのがあるからなのかなって大人としては深読みしてしまう。

まぁ単に俺がカッコよ過ぎる叔父さんなだけかもしれないけど。

「留守中なんかあったか？」

「あったよ」

「なに」

花陽が、にいっ、と笑って俺の腹をグーで殴った。

「また女の人が来た。『青さんいますか』って」

あぁ、またか。

「ってことは」

「もちろん、亜美ちゃんが追い返した」

悪いねぇ義姉《ねえ》さん。ちゃんとイタリアでお土産買ってきたからさ。

「ねぇ青ちゃん」

「なに」

花陽がクルッ、と回って俺の前に立って後ろ向きで歩き出した。

「青ちゃん、なんでカノジョができないの？」

ニコニコして言ったけど、ちょっとだけ驚いた。そう言って笑った顔が藍ちゃんそっくりだったから。やっぱり親子なんだよな。そして、ちっちゃいけど女なんだよな。そういうのが気になるなんて。

「できないわけないだろ。こんなにモテるイイ男なのに」

「だって、うちに来るのはカンチガイしてる女の人ばっかりだもん。青ちゃんカノジョ連れて来ないし、デートとかもしてないし」

「まぁね」

「どうして？」

どうしてかなぁ。その理由は、まだ花陽に言ってもわかんないだろうし、俺もわかるようには言えないんだけど。

「我が家の女性陣が美人ばっかりじゃないか。お前も藍ちゃんも亜美さんも、死んじゃったばあちゃんも大ばあちゃんもさ。だから目が肥えちゃってさ」

えへへーって笑う。そうそう、まだそういう子供っぽい笑い方してくれよ。

「それに、みんな個性的じゃないか。だから、普通の女の子じゃ満足できないんだよきっと」

「普通じゃない方がいいの？」

「そうかもな」

「どんな人がいいの？」

ヤケに突っ込んでくるね今日は。

「そうだなぁ」

どんな女の子がいいのかなぁ。考えたこともないんだけど。

「そうだ」

「なになに」

「古本が好きな女の子がいいかな」

ええーって花陽が言って、ケラケラ笑った。

「そんなの、きっとヘンな子だよ。あんまりいないと思うよ」

まぁそうかもな。

＊

旅行会社の先輩が場所を決めて、オシャレな居酒屋の個室で行われた合コンは盛り上がって無事に終わった。

普通はそのまま全員で素直に二次会だよね。変な下心やうんぬんかんぬんは、二次会終わってからっていうのが基本じゃないか。

皆でカラオケに行くことになっていて、店を出てぞろぞろと歩き出していた。なんだかんだで総勢で十一名。一人多いのは男の方。女の子の方で急に都合が悪くなった子が居てそうなったんだ。まぁ別に一次会では不都合はなかった。同じ人数にしたって結局はどこかで不公平が出てくるんだから。

もともと、下心の薄い人間だって自負してる。これはマジで。そりゃあまぁ若い男なんだからそれなりにはあるんだけど、何て言うかな。

カッコつけるわけじゃなくて、深い仲になるためにはそれ相応の手続きってものが必要で、合コンはその手続きの中には最初から入っていなかった。

だから、合コンっていうのは、適当に騒いでいい感じに酔って美味しいもの食べて、それで満足って感じ。

だから、その日も、もう充分だったたんだ。

皆に続いて歩き出してすぐに、次の角を曲がって小路に入って一町歩けば、いつも寄る喫茶店があるってことに気づいた。その瞬間に足がそっちの方向に向いた。

ちょうどいちばん後ろを歩いていたし、二次会は人数予約しているわけじゃないからこのままフェイドアウトしても問題ない。契約添乗員である俺は正社員の連中に義理があるわけでもないし。

むしろ、飛びっきりの良い男である俺がいなくなった方が、男どもは喜ぶだろうからさ。なんてことを考えながら歩いていたら、ふと、後ろに気配を感じたんだ。

振り向いたら、いたんだ。

彼女が。

急に振り返った俺にちょっとびっくりした様子で立ち止まって、でも、ニコッと笑った。

名前は、槙野《まきの》すずみって言ったかな。

すずみちゃん。

少しクラシカルでちょっとだけ変わってる名前だったからすぐに覚えた。文学部の四年生だったよな。

びっくりしたよ。

「あれ？」

「え？」

「なんで？　どうしたの？」

そういえば一次会ではほとんど話さなかった。もちろん席替えとか頻繁にやったけど、たまたまタイミングが合わなかったりなんだりで。

「いえ」

すずみちゃんは可笑《おか》しそうに、くすっ、て笑った。

「堀田さんについていこうと思っていたんです。だから」

「俺の後ろにいたの？」

「はい」

全然気づかなかった。

「なんでついていこうって思ったの？」

今度は、きょとん、とした顔をした。

「お話ししたかったからです」

当然でしょ？　なんていう風に彼女は言った。その後で、済まなそうな顔をする。

「いけませんでしたか？」

「いけなかない」

なんだかさ、その時点で俺は彼女にものすごい好感を持ってしまった。

一次会では全然見ていなかったから気づかなかったけど、彼女は、すずみちゃんの表情はコロコロ変わる。

それがすごく良かった。


「堀田さんって」

向かい合って座った喫茶店のテーブル。もちろんテーブルには普通に灰皿が置いてある。とはいってもすずみちゃんは非喫煙者だから、気を遣って煙が後ろに流れていくようにする。

「うん？」

「たくさん遊んでる悪い男だって聞きました」

誰にそんなことを。

「〈多摩蘭堂〉の杏さんです」

「杏さん？」

「私、小さい頃からあの店の常連だったんです。父が通っていたのでよく連れられて。それで杏さんに合コンするんだって言ったら」

「そうだったんだ」

ってことは、お父さんとも俺は店で一緒だったこともあるのかもしれないな。

「いやでもそれは杏さんの誤解だな」

「そうですよね。冗談交じりでしたけど」

そもそも杏さんとなんか二人きりで話したこともないじゃないかまったく。

「これでも女の子を泣かしたことなんかないし、ふったこともない」

まぁまともにお付き合いした子は高校のときのあの人だけなんだけどさ。それは結局俺がふられたし。

付き合うときは、いつも真剣にって思ってる。それは本当さ。この見目麗《みめうるわ》しい顔のせいで軽い男に見られがちだけど、違うんだって。

「それは、どうしてですか？」

「どうして？」

「なんか理由があるんですよね」

丸くてカワイイ瞳が真っ直ぐに俺を見て、言った。

「ある、かな」

しかしなんで俺、こんなことを話しているんだ初対面で。そんなに軽いわけじゃないって言ってるのに、軽いじゃん。

でも、なんかこの子、変だ。変って言うか、なんだろう。可笑しいな。

「なんで笑うんですか」

「いや、ごめん」

楽しかったんだ、すごく。このすずみちゃんの顔を見ているのが、こうやって会話をしていることがものすごく楽しかった。嬉しかった。

そして、それはなんだかひどく久しぶりなような気がしていたんだ。

＊

〈多摩蘭堂〉のいちばん奥のテーブル。

ここは常連の間では別名〈密室〉と呼ばれているんだ。別に個室ってわけじゃない。山小屋風の柱がやたら多い店内だけど、ここは何故か柱がテーブルの周りに五本もあって、しかも天井が一段低くなっていて、さらに古いポスターがボードに貼られて柱の間に引っ掛けられているので周りからほとんど見えない。故《ゆえ》に〈密室〉。

サラリーマン風のスーツ姿の男たちや、どことなく編集者と漫画家とか小説家みたいな人たちがここでコソコソと話している姿もよく見かける。

そこで、奥に座らされて、睨まれていた。

眼の前の、成美ちゃんと美登里ちゃんともう一人、ウェイトレスの杏さんに。

まぁ、何で睨まれているかは、わかるんだけどさ。

「呼びだして、すみません」

成美ちゃんが言って、美登里ちゃんと二人でぺこんと頭を下げた。成美ちゃんは無事に旅行会社に内定したらしい。この時代に大したもんだよね。一見軽そうに見えるんだけど実は努力家だし真面目だし。いい子なんだよ。美登里ちゃんはまだ決まってないって言ってたけど大丈夫だろう。

二人とも、すずみの親友なんだ。本当に仲が良いんだ。だから、こうしているんだ。

「いいよ」

「私も同席しちゃったけど」

杏さんが苦笑した。

「うん」

それも、わかる。葬式には杏さんも来ていたしね。いろいろとすずみの相談にも乗っていたみたいだし。

「もちろん」

成美ちゃんが唇を一度引き締めてから、口を開いた。

「男と女のことなんですから、部外者があれこれ言うことじゃないっていうのは、わかってます」

真っ直ぐに俺を見る。うん、いい眼だ。この子はいい社会人になるだろうなって思う。

「でも、言いたいんです」

深く頷いて、溜息をついた。いずれこんなふうになるだろうなって思っていたけど。

「どうして、すずみと別れるんですか？」

瞳が潤んでいた。大切な友達のためにこんなに真剣になれるっていうのは、いいよな。

「成美ちゃん」

「はい」

「すずみは、何も言ってないの？」

「何をですか」

「別れる理由を」

首を縦に小さく振った。美登里ちゃんも成美ちゃんと顔を見合わせて頷いていた。

「言わないんです。いくら訊いても、『いいの』って。これでいいんだって。『全部私が悪いんだ』ってそればかりです。でも」

「すずみが悪いなんて思えない、だろ？」

「そうです」

杏さんは黙って俺と二人の顔を順番に見ている。

「お父さんも死んじゃって、ひとりぼっちになっちゃって、それだけでもわたしがどうやって元気づけていいのかわからないのに、それなのに」

恋人まで離れていってしまった。そんなひどい話ってあるのか、だ。

確かにそうだ。俺だってそういう話を聞いたらきっとそう思う。何があったにせよ、肉親を失った恋人の気持ちが落ち着くまで別れ話なんてするべきじゃない。そんな奴は男の風上にも置けないひどい男だと思うよ。

二人は、俺が何か言うのを待っている。

さて、どうすべきか。どうしたらいいのか。

すずみが何も言わないのには理由がある。その理由は、理解できる。決して理不尽なものじゃない。ものすごく個人的な事情だからだ。その個人的な事情が、多くの人に絡んだものだからだ。

決して当事者以外には、言えないようなもの。

俺が、悪者になればいい。

でも。

「成美ちゃん、美登里ちゃん」

「はい」

この子たちの真剣な瞳を見ていたら、決心が揺らぐ。

「俺が、悪い男だって思うかい？」

少し眼を伏せた。考えて、顔を上げた。

「思いません」

はっきりと成美ちゃんは言った。

「青さんは、いい人です。確かに言動は軽いし、顔がイイからすっごくだらしない男に見られがちだけど、そんなことありません」

真面目で正直で、素敵な人ですって続けた。いやそんなに褒めてもらうとこそばゆいけど。杏さんは苦笑いしながら頷いていた。

「だから、信じられないんです。すずみだって、青さんが大好きでした。私から言うことじゃないけど、将来のことだって考えていました。すずみは、もう二度と、この先一生、こんなに好きになる人は現れないだろうって言ってました」

溜息をついた。正直に心の中で言う。

俺だって、そう思ってる。

「だから、何かがあったんです。別れなければならない理由が。お父さんが亡くなったときに、何かが生まれたんです。そうでなきゃおかしいんです。それまでは何にもなかったのに突然そんな話になって」

そうなんだ。あったんだよ。でも、それは言えないんだ。

「教えてください」

成美ちゃんは、涙声になってしまっていた。

「あの子に、すずみには幸せになってほしいんです。中学生の時にお母さんが死んじゃって、すずみはずっと淋しい思いをしてきたんです。たくさんたくさん、幸せになってほしいんです。青さんに出会えて、恋人になれて」

涙が、こぼれた。それでも成美ちゃんは俺から眼を離さない。真っ直ぐに俺を見ている。

「これで、幸せになれるって思ったんです。それなのに」

女の子の涙には弱い。眼を伏せてしまいそうになるけど、できない。でも、言えない。

「何も言ってくれないんですか」

やっぱり、繰り返すしかないよな。

「俺が、悪い。そう思ってくれ」

二人とも、すずみを、支えてやってくれ。そう言うしかないじゃないか。

「青ちゃん」

「はい」

それまでずっと黙って聞いていた杏さんが口を開いた。

「男らしいわね」

そう言って、少し微笑んだ。

「前から、顔に似合わない男気のある子だって思っていたけど、これほどとは思わなかった」

「買いかぶりですよ」

そんなもんじゃないさ。自分の恋人の決意を翻《ひるがえ》せもしない、情けない男ですよ。

「あのね、成美ちゃんも美登里ちゃんも、青ちゃんも聞いて」

杏さんがゆっくりと、諭すような口調で言い出した。

「これは、ただの私の想像なの。最後まで聞いてね」

想像？

「私もずっと青ちゃんとすずみちゃんを見ていて、良いカップルだなぁって思っていたんだ。すずみちゃんのことはそれこそ小学生のときから知っていたし、青ちゃんもここに初めて来たのは高校生よね？」

「そうですね」

もう十年ぐらいになるのか、通い続けて。杏さんは、何かを思い出すような表情をした後に微笑んだ。

「喫茶店の仕事ってね。ただお客さんにコーヒー出して、ゆったりしてもらうだけじゃないの。もちろん、それがいちばん大切なことなんだけど、それだけじゃないの」

我が家もカフェをやってる。俺はあんまり手伝ってないけど。

「お客さんを、特に常連になってくれた人のことは、きちんと親身になって観察することって、すごく大事なのよ」

「親身になって観察する？」

「そう」

成美ちゃんが首を捻った。

「ただの観察じゃなくて、その人がどんな暮らしをしていてどんなことを考えてどんな人となりなのかってことを、親や兄弟や、身内のような気持ちになって観察するの。そうすることで、見えてこなかったことがいろいろ感じられるようになるのよ」

人は、常に仮面を被《かぶ》って生活する、って杏さんは続けた。

「社会人なら社会人の仮面を被ってここに来て、社会人として過ごしていく。でも、その仮面の下には間違いなく別の面があるの。そういうのをきちんと想像していくと、ここで過ごしてもらうちょっとしたことにも気を配れるのね」

それはもちろん顧客へのサービスの一環だけど、単純に他人同士の付き合いの中では自然なこと。

「相手のことを慮《おもんぱか》って行動する、発言する。お互いに気持ちよく一緒にいる時間を過ごす。当たり前のことよね」

もちろんだ。添乗員でも、それは当たり前のこと。

「そうやってね、私は仕事してきたの。だからね」

俺の顔を見た。

「一度だけしか来なかった人でも、妙に印象に残った人のことを何度も何度も考えたりするのよ。あの人はどんな人なんだろうなって。特に、常連さんと一緒に来た人のこと」

杏さんは何を言いたいんだ？　成美ちゃんも美登里ちゃんも訝しげな顔になってる。

「槙野さんがね」

「槙野さん」

それは、すずみのお父さんのことだ。大学教授の槙野さん。

「たった一度だけ、学生さんと、女子学生さんとここで一緒にコーヒーを飲んでいたことがあるのよ。偶然に会ったっていうふうにしていたけど、私はそのときに何か違うと感じたの。待ち合わせていたんじゃないかって感じたのね」

「それは」

成美ちゃんが訊いた。

「何か、特別な雰囲気があったってことですか？」

杏さんが曖昧に微笑んだ。

「ごめん、成美ちゃんと美登里ちゃん、ちょっとだけ席を外してくれる？」

「え？」

「カウンターで待ってて。後できちんと説明するから。決して悪いようにはしないから」

嫌な予感がしていた。成美ちゃんと美登里ちゃんは首を傾げながらも、杏さんの言う通りにカウンターへ移動した。

「青ちゃん」

「はい」

「続けるけど、そのとき私は、その女子学生さんに対する、槙野さんの何か特別な思いを感じたのね」

槙野さんの、普段は教授という仮面を被ってここで過ごしている槙野さんとは違う、もう一人の槙野さんを見たように思ったって、杏さんは言った。

そして、と続けた。

「その女子学生さん、青ちゃんのお姉さんだったと思う」

思わず、身体が動いた。しまったと思った。動揺してしまったんだ。杏さんは、我が家にもお客さんとして来ている。それほど親しくはないけれど、藍ちゃんの顔だって知ってる。

「杏さん」

「想像よ」

俺が何か言うのを制するように杏さんは早口にそう言った。

「想像でしか、ないの。そしてね」

ほんの少し、唇を湿らすようにした。それを見て、杏さんもまた緊張してるんだって思った。

「槙野さんの葬儀のとき、隠れるようにして遠くから見てる女性を私は偶然に見てしまったの」

それは。

「青ちゃんのお姉さん、藍子さんだったわ。葬儀に来ること自体はおかしくないわ。藍子さんも槙野さんの大学の学生さんだったわよね。だったら全然普通のこと」

答えられなかった。そうだけど。

「だったら、どうして入ってこないんだろうって不思議に思った。そのときは、本当にただ不思議に思っただけ。でも」

でもね、と続けた。

「すずみちゃんと青ちゃんが別れたって聞かされたときに、昔、槙野さんとここで会っていた藍子さん、葬儀にこっそり来ていた藍子さん、そして青ちゃんとすずみちゃん」

言葉を切った。

「さらに、藍子さんが一人で産んで育ててきた一人娘の花陽ちゃん。そういうものが、私の中で一本の線で繋がってしまったの」

そこまで、そこまで想像してしまったのか。思わず息を吐いちまった。この人は、スゴイ人だとは思っていたけどそこまで観察力が、人を見るということに長けていたのか。

杏さんは、にっこり笑って、俺を見た。

「青ちゃん」

「はい」

「私の想像がもし、事実なら、それはあなた、ぶん殴ってでも言わなきゃダメよ」

「何をですか」

「絶対に、別れないって。お前が何を言っても、別れたりしないって」

「ぶん殴ってでも、ですか」

そうよ、って杏さんはまた微笑む。

「だって、もしここで二人が別れてしまったら、将来不幸になる人間が四人になるのよ？」

「四人？」

「すずみちゃん、青ちゃん、そして藍子さんに花陽ちゃん。花陽ちゃんはまだ小学生よね。将来そんなことがわかったときにどれほど傷つくと思うの？」

花陽が。

「自分の大好きな叔父さんが、自分のことで最愛の恋人を失ったことになるのよ？　藍子さんは、自分のしたことで弟と愛した男性の娘さんの仲を引き裂いたことになるのよ？　ましてや、すずみちゃんは、一生あなたの大事なお姉さんを恨んだままになるかもしれないわ」

思わず、咽の奥で何かが鳴った。

「あなたが、意地でも別れなければ、不幸になる人間は一人もいなくなるの。皆がそれぞれにそれぞれの形で幸せを見つけられるのよ？　違う？」

手を伸ばしてきて、杏さんは俺の二の腕を思いっきり叩いた。びっくりした。

「それは、あなたにしかできないことじゃないの。あなたがやらなくてどうするの！」

＊

遺言で、法事はないんだ。

すずみと二人でただお墓参りをして、三回忌は終わり。一度も会うことはなかった義父、槙野春雄《はるお》さん。

一周忌のときにはじいちゃんも来て手を合わせてくれたけど、きっと槙野さん、天国でばつが悪い思いしてるだろうって笑ってた。まぁそうかもね。

藍ちゃんも、俺たちが結婚してから初めてここに花陽を連れてきていた。花陽も、ちゃんと手を合わせてくれたし、お父さんなんだねって言ってくれた。たぶん、ホッとしてると思うよ。

墓参りに来るといつも、お墓の前ですずみとあれこれ父親の話をするんだ。すずみのお父さんはまぁ普通だけど、うちの親父の場合はもう話題満載だからね。何時間あっても話題には事欠かない。

二人で笑いながらけっこう長い時間話し込んでしまう。

「そんなことあったんだ」

「そう」

「よく今まで黙っていたね」

あの日、成美ちゃんと美登里ちゃん、杏さん三人に問い詰められたことは、今日初めて話した。

「落ち着くまで話さないでって、頼まれたからね。じゃあまぁ三回忌ぐらいまでは黙ってようかなって。もちろん、成美ちゃんと美登里ちゃんはまだ知らないよ」

すずみのお父さんと姉さんのことは匂わすだけで、深い事情があるんだってことだけで、すずみに話すまで待ってくれって言ってある。

「青ちゃん、そういうところお義兄さんに似てるよね」

「そういうとこ？」

すずみは、にいっ、て笑った。

「自分の中にいろんなものをしまっておいて、平気な顔をしてられるところ」

「そうかな」

「そうよ」

うん、って頷いて勢いよく立ち上がった。店を閉めるわけにはいかないから、この後、交代で藍ちゃんも手を合わせに来る。もちろん花陽もね。

「さて、じゃあ」

腕時計を見た。

「まだ、大丈夫だよね、お店」

「大丈夫だろ」

マードックさんも手伝ってくれてるし。

「じゃあ、〈多摩蘭堂〉寄ってから帰ろう」

「寄ってくのか」

「杏さんにお礼言わなきゃ」

だいたいそんな大事なことは早くに言ってくれなきゃ私が恥ずかしいじゃない、って少し怒った顔をして、すぐにニコッと笑う。

「成美たちには後で電話しておく。あ、今から〈多摩蘭堂〉に来てもらおうかな」

どうしようかな、とか言いながら首を傾げる。

くるくるコロコロ表情が変わるすずみの顔は、きっとこの先何十年経っても飽きないと思うよ。たぶんね。

研人とメリーの愛の歌

堀田研人《ほったけんと》

六月の終わりにいっつも学校でやってるじぜんじぎょうのバザー。四年生からはそれぞれのクラスの希望者でお店を出していいんだ。入学したときにそれを聞いてから、ずっとやってみたかった。

〈東京バンドワゴン・ワゴン〉。

お店の古本をワゴンに積んで、学校の体育館に古本屋を出す。ぼくがそこの店主になる。うちでも帳場に座ってお客さんの相手をやってみたいんだけど、大じいちゃんには「百年早《はえ》えぞ」って言われちゃうからさ。

だから、朝ご飯のときにきいてみたんだ。

「ねぇバザーでお店やっていい？」

「おい、昨夜のカレーほんの少し残ってたろ。温めてくれよ」

「青ちゃん寝癖ひどいわよ」

「バザー？　どこでやるの？」

「朝からカレーですか？」

「髪ぃ、伸びたねぇえ、少し切ろうかなぁ」

「学校だよ。プリントに書いてあったじゃん。ねぇ花陽ちゃん」

「あ、俺明日から九州四国と回るからね、十日ぐらいいないよ」

「お義父さん、その髪で今さら伸びたって」

「イチローだってやってるじゃねぇかよ」

「お母さん、グレーのプリーツスカートがなかったよ」

「毛先が跳ね上がっちゃってるじゃないぃ？　そこが気になるんだよねぇ」

「あ、クリーニングに出したかも」

「あったよ。わたしたちのクラスでも手作りクッキーの店やるの」

「はい、お祖父ちゃんカレーです」

「で？　バザーがどうしたんだ研人？」

「お父さん、毛先を気にするよりたまにはバサッと切ってみたら？」

「そこでお店出したいんだよ。〈東京バンドワゴン・ワゴン〉」

「お祖父ちゃん！　それワサビですよ！　どうしてカレーにワサビを！」

「じゃあぁ、スキンヘッドにでもするかなぁ」

「ワゴンがかぶってるー」

「古本市でもやるのか」

「それだけはやめてくださいお義父さん。怖いですから」

「辛いもんに辛いもんなんだから、合うに決まってるじゃねぇか」

「そう！　大じいちゃん！〈東京バンドワゴン・ワゴン〉やりたい」

「あ？〈東京バンドワゴン・ワゴン〉？」

「そう、いいでしょ」

バザーだからお金はどっかに寄付しちゃってぜんぜん商売にはならないんだけどさ。

大じいちゃんが、ふーんってうなりながらワサビ入りのカレーを食べた。それ本当に美味しいの？

「あれだ、先生はやっていいって言ったのかよ」

「言った」

「じゃあ、まぁいいんじゃねぇか。本好きの皆さんが喜んでくれるだろうよ」

「学校のバザーだったら、やっぱり子供向けの本かしらね」

藍ちゃんがそう言ったらお父さんが箸を振った。

「結局親が来るんだからそうでもないだろう」

「いろいろ取り混ぜて、で、いいんじゃないのかしらね」

お母さんがそう言うと、大じいちゃんがうなずいた。

「いいんじゃねぇか？　あれだ、せっかく研人がやるんだったらよ、商売の痛手にならない程度にそれでも良いものをよ、紺、おめぇが見繕ってやれや」

「あいよ」

お父さんが「良かったな」って言うから、大じいちゃんにありがとー！　って叫んだら、声がでけぇよって笑った。

「で、大じいちゃん、ワゴンは？」

「ワゴン？」

そう。だって〈東京バンドワゴン・ワゴン〉なんだもん。

「店を開くんだから、やっぱり本を置くワゴンが必要でしょ？　学校の机に並べるのはさぁ、なんかあじけないでしょ」

そいつは確かに味気ねぇな、って大じいちゃんがうなずいた。みんながそうだなぁって考えて、お店にある古い木のワゴンは使っているから無理だし、とか、あまっているものはないしなぁとかって話していたら、おじいちゃんが庭の方を見て言った。

「研人ぉ、リヤカーはどうだいぃ？」

「リヤカー？」

なんだそれ。

「リヤカーって、あの荷物を運ぶやつ？」

花陽ちゃんは知ってたみたい。

「物置にある荷物を運ぶやつでしょ」

あ、あれか。二輪車みたいなやつ。

「あのリヤカーに、本を積んで学校に持っていくんだねぇ。で、そのままそれが展示台になるとぉ、それこそ風情があっていいねぇえ」

それ！　いいかも！

さすがおじいちゃん。

＊

「研人、なにしてるの」

日曜日、朝からカフェの方で待ってたら、お母さんが訊いてきた。

「待ってるの」

「誰を？」

あ、来た。

「おはようございます」

「あら、おはようございます」

お母さんがマードックさんを見て、にこっ、て笑った。

「藍子さんは買い物でいないんですけど」

マードックさんって藍ちゃんのことを大好きだからすぐに顔が真っ赤になるんだよね。おでこまで赤くなっておもしろいんだ。

「いえ、いいんです。きょうは、リヤカー、なおしにきたんです」

「リヤカー?」

「つかうんでしょう? バザーに。ほんをはこんでいくって、けんとくんが」

お母さんが「マードックさんに頼んだの?」ってちょっと顔をしかめた。

「だってどうせならカッコいいものにしたいじゃん。マードックさんアーティストなんだから。お父さんには言ってあるよ」

しょうがないわねってお母さんがまた顔をしかめた。お母さんは美人だけど顔がコワイってみんな言ってる。ぼくはそうでもないけどね。

「ごめんなさいね、日曜日なのに」

「いいんです。たのしいですから、そういうの」

お父さんにマードックさんが来たって言ったら、軍手をして蔵の横にある物置からリヤカーをひっぱり出してくれた。

「すごく、ふるいですねー、これ」

「俺が子供の頃にはもう既にボロボロだったからね」

買ったのは大じいちゃんなんだって。昭和の三十年とかそのへんだって言ってたから、もう五十年ぐらいたってるコットウヒン。

「タイヤは、まだだいじょうぶですね」

マードックさんが手で押したりして確かめた。

「あぁ、そういえば高校生のころに付け替えた記憶がある」

「さぁ、じゃあ、けんとくん」

「なに？」

「なにか、かいぞうにつかえるものが、ものおきにあるかどうか、みましょうか」

マードックさんはペンキとか和紙とか大工道具とかいろんなものを持ってきてくれた。物置にあった古い板や棒や、カイゾーに使えそうなものを三人でいろいろ出してたら、大じいちゃんが縁側に出てきて座った。にこにこしながら煙草盆をずって引っ張って自分のところに持ってきて、マッチで煙草に火を点けた。

「そいつはよぉ」

「なに？　大じいちゃん」

「行商にも使ったもんでな」

「ぎょうしょう、ですか」

「そうなの？」

大じいちゃん、うんうんって頷いた。すっごく機嫌の良いときの顔をしてる。

「それこそ、今で言う出張販売ってやつだな。本を山ほど積み込んでよ。団地とかあっちの方を回ってな。物々交換をしたこともあったな」

「古本と何をこうかんするの？」

「そりゃあ、もちろん古本だ。中には骨董品《こっとうひん》とかそういうものもあったがな」

そういやこの煙草盆も、それで手に入れたんだったなって言った。

「旧家で眠ってた蔵書をそのまんま引き取ってきたこともあってな。行くときより本の数がぐんと増えちまったこともあったなぁ」

「おもかったでしょうね。これに、いっぱい、ほんがのると」

「なぁに」

大じいちゃんはにやりって笑った。

「古本屋にとっちゃあ何よりのご馳走ってやつよ。どんなに重くてもよ、それが全部本の重みならこの上ねぇ幸せってな」

大じいちゃんは本の話をしているときは本当にきげんがいいんだ。その反対に、ちょっとでも本を大事にしないとものすっごく怒る。

まだちっちゃいときに、本がたくさん積んであったのを、跳び箱みたいにして跳んだらお尻をおもいっきり叩かれたことがあるよ。ものすごく痛かったからしっかり覚えてる。「本を大事にできねぇ奴は、人生も大事にしねぇんだ」って、ぼくを正座させてマジメな顔をして言ったんだ。

そのときは人生っていうのがなんなのかわかんなかったけど、今はわかるよ。ちょっとだけどね。

マードックさんがお父さんと一緒にリヤカーのカイゾーを始めたら、買い物から帰ってきた藍ちゃんが、コーヒーをポットに入れて持ってきた。

マードックさんは汗をふきながらお礼を言って、藍ちゃんも研人がたいへんなことをお願いしてすみませんって。そんなにたいへんじゃないって思うけど。マードックさん楽しそうだし、藍ちゃんのそばにいられるから嬉しいよね。

あ、そんなつもりはなかったけど、これって気をきかしたことになるじゃん。

藍ちゃんは、伯母さんだ。

お父さんのお姉さん。

お姉さんか妹かで伯母さんと叔母さんって使う漢字が違うんだっていうのも、ぼくは小学校に入学したときに大じいちゃんに教えられたから知ってるよ。

でも、同じ家に住んでるから、ぼくが赤ちゃんのときはよく藍ちゃんをお母さんとまちがえたんだって。それは覚えてないけどね。花陽ちゃんも昔はそうだったたって言ってた。お母さんが二人いるみたいだったたって。

「ねぇ、研人」

「なに？」

藍ちゃんがきいてきた。

「バザーは、誰と一緒にお店をやるの？」

「メリー」

「メリーちゃん？」

そう。

「平本芽莉依《ひらもとめりい》。みんなメリーって呼んでる」

藍ちゃんはちょっと首をかたむけて考えた。

「その子、私会ったことある？」

「あるんじゃない？　いっつも店に来てるから」

「あぁ」

藍ちゃんが、こくこくってうなずいた。

「あの、髪の毛がくるくるしてる、眼の大っきな可愛い女の子ね」

カワイイかどうかはわかんないけど、髪の毛はくるくるしてる。

「本が大好きなんだってさ。ぼくが〈東京バンドワゴン・ワゴン〉やるって先生に言ったら、メリーが一緒にやりたいって」

藍ちゃんが、ふーん、ってなんだかにこにこしてた。

ぜんぜんおぼえてないけどメリーとは考えたら一年生のときからずっと一緒のクラスだった。そんなに一緒に遊んだりはしてなかったし家も別に近くはないんだけど、あいつは放課後によく店に来てた。

絵本が大好きだからって、店の椅子に座って何冊も読んでいたよ。大じいちゃんも店に来る子供には、いっくらでも読んでいきなっていっつも言ってるしね。

でも、うちにはマンガがほとんどないからさ、男の友達はぜんぜん店に顔出さないんだ。あ、けっこうマニアックな連中は別だけどね。〈ガロ〉とかさ、サブカル系のマンガは置いてるから。ぼくはもちろんそういうマニアックなマンガも知ってるよ。青ちゃんにどんなところがおもしろいかって教えてもらって読んでるから。

＊

バザーの日、日曜日。

寝坊しちゃって、急いで朝ご飯を食べた。普段はそんなことないけど、うちは土曜と日曜は起こされないで自分で起きる日って決められてるんだ。だから、ときどき寝坊しちゃう。

「急がねぇと、もう来るんじゃねぇか？」

「わかってる」

メリーが来るんだ。一緒にリヤカーに本を積んで学校に行くから。ガシガシってご飯を口に入れてたら、店の戸が開く音が聞こえて、すぐにメリーの声がした。

「おはようございます！」

「あら、おはよう」

藍ちゃんだ。

「研人くんのお母さんですか？」

「ううん、違うの。私は伯母さん。研人のお父さんのお姉さん」

「メリー！　今行くから待ってろ！」

叫んだら二人の笑う声が聞こえてきて、その後もなんだか話してる。

「花陽ちゃんのお母さんですね」

「あら、花陽を知ってるの？」

「はい。同じ太鼓部です」

そうそう。うちの学校にある太鼓部。昔から伝わるお祭り太鼓を演奏するクラブだ。そこでメリーと花陽ちゃんは一緒だ。

「研人くんのおじいちゃんも知ってます」

「あぁ、そうね」

おじいちゃんもその太鼓部の練習にふらーって顔出すんだよね。突然。そして「太鼓もロックだねぇ」とか言って、太鼓部のみんなと一緒に叩いているんだ。フツーは怒れると思うんだけど、先生方の中にもおじいちゃんのファンがいるし、おじいちゃんも学校の先輩だからってぜんぜんよろこんでる。

「メリーちゃんのお名前」

「はい」

「可愛い名前ね」

「でも昔はちょっとイヤだった」

「どうして？」

「メリーさんの羊って歌われるの」

「あぁ」

ぼくも歌ったよ。

「でも、あの歌、〈かわいいね〉って歌だから、好きになりました」

ご飯しゅうりょー。

「お待たせ！　メリー、本運ぶぞ」

「うん」

リヤカーは、きれいに掃除してカンナをかけてニスを塗り直して、マードックさんが金の文字で〈東京バンドワゴン・ワゴン〉って書いた看板を付けてくれた。めちゃくちゃシブくてカッコいい。

荷台は本を積んでいって、学校に着いたら底にしいてある板を組み合わせて、ちゃんと本棚が出来上がるようにしてくれたんだ。大じいちゃんなんか、なかなかやるじゃねぇかって唸って、このままた行商に行こうかなって真剣な顔をしてた。

バザーで売る本を店から運んでいたら、お父さんもお母さんも出てきて手伝ってくれた。でもそんなに数はないから、すぐに終わっちゃった。もっとたくさん運びたいけど、しょうがないよね。二人で運ぶんだから。

「オッケー。メリー、ぼくが引っ張るから、後ろから押してよ」

「わかった」

リヤカーの持ち手のところをくぐって持ったらお母さんが言ってきた。

「二人で大丈夫かしら？　学校まで」

「だいじょうぶ！」

メリーと二人で同時に叫んだらお父さんも、うん、って首を縦に振った。

「学校までは坂道もないし、裏道通っていけば車の通りも少ないしなんとかなるだろ」

いい経験だよ、ってお父さんが笑った。

「もう四年生だしな」

「そうそう」

「ところでメリーちゃん」

お父さんがメリーの顔を見た。

「はい」

「ケンとメリーって知ってる？」

ケントメリー？　なんだそれ。

「わたしたちの名前ですか？」

メリーが首をくいって曲げたら、お母さんが何言ってるのって笑ってお父さんを軽く叩いた。

「いや、知らないならいいんだ」

なんのことだかわかんなかったから、行ってきますって言って、リヤカーを引っ張り出した。お父さんが油を差したり軸を替えてくれたりいろいろチューンナップしてくれたから、ぜんぜんオッケー。軽く引っ張れる。

「メリー」

「なに?」

「本、全部売るからな」

うん! ってメリーが返事をした。

＊

〈東京バンドワゴン・ワゴン〉の場所は、体育館の真ん中のグラウンドに出る出口のところ。ここはグラウンドから入ってくる人も通るし、いちばん人通りの多いところだからめちゃくちゃいい場所。

場所取りのときにはもうぜったいここがイイって、最初に手を上げて決めたんだ。お店を出す基本は人通りだよね。

バザーはまだ準備中のところもたくさんあるのに、体育館にはたくさんのお客さんが集まってきてる。クラスの友だちのお母さんも来てたり、ぜんぜん知らないおばあちゃんやおじいちゃんがいたり、きっと卒業生だと思うけど中学生や高校生の人たちもいたり。毎年、けっこうにぎわうんだよね。

お店も、フリーマーケットみたいに古着とかおもちゃとか日用品とかそういうのも多いけど、商店街のパン屋さんやお菓子屋さんが店を出したりもするんだ。うちと仲の良い昭爾屋さんも来てるよ。

「これ、五十円？」

「そうです」

メリーが答えた。どっかの知らないおばさん。手にしたのは文芸誌で『小説すばる』のバックナンバー。こういうのってけっこう持ち込まれるんだけど、ほとんど店では売れないんだよね。でも、これが出たときには売れてなくても後から売れた作家さんの短編なんかが載ってると、それを目当てに買う人がいるんだ。

「あ、でも三十円でもいいですよ」

ぼくが値引きしてみたら、おばさん、笑っていやいやって手を振った。

「五十円でいいわよ、はい」

「ありがとうございます！」

メリーって普段はクラスでもあんまり目立たないし、おとなしい方なんだけど、さっきからちゃんと大きな声で元気に応対してる。ちょっと意外だよね。案外、商売とかに向いてたりして。

「ねぇ」

「なに」

「研人くんのお母さんって、キャビンアテンダントだったんでしょ？」

「スチュワーデスだよ」

「今はCAって言うんだよ」

「どっちでもいいよ。辞めたんだから」

「どうして辞めちゃったの？」

やっぱり女の子ってスチュワーデスにあこがれるのかな。そういう話は聞くけど。

「前にお父さんに聞いたけどさ」

「うん」

「別にお父さんが辞めろって言ったわけじゃなくて、お母さんがお店をやってみたかったんだって」

「〈東京バンドワゴン〉を？」

「そう、それにさ、カフェの方はお母さんが中心になって作ったんだって」

「へー」

あ、校長先生だ。にこにこしながらぼくたちの前に歩いてきた。

「校長先生！　何か買ってください！」

「頑張ってるねぇ。堀田くんだよね」

「はい」

今年の春に来たばっかりの校長先生。たしかおじいちゃんと年が近かったたっけ。でもおじいちゃんの方がものすごくカッコいいけど。

「懐かしい本があるなぁ。ちょっと見せてね」

「どうぞ！」

校長先生が本を持ってページをめくってるのを見てたら、メリーがぼくの袖を引っ張った。なにかと思ったら体育館の入口を指さした。

あ、おじいちゃんだ。周りの人が気がついて何人か駆け足で寄ってってった。

「研人くんのおじいちゃん、カッコいいよね」

「でも、ヘンだよ」

「ヘンなの？」

「うん」

おじいちゃんはロックンローラーでミュージシャンで、たまにだけどテレビにだって出る。昔はものすごく人気があったんだって。友だちのお母さんやお父さんもぼくが〈我南人〉の孫だって知ったらものすごく驚いて、ＬＰやＣＤを持ってきてサインを頼まれたことも何十回もある。

でも、ヘンなおじいちゃんだよ。

「あんまりうちにいないし、しゃべってることよくわかんないし」

「ボケてるの？」

「いや、そういうよくわからないじゃなくて」

しょっちゅう「LOVEだねぇ」とか言ってるし。

「でも、うちのお母さん、研人くんのおじいちゃんのファンクラブに入ってたんだよ、昔」

「へー、そうなんだ」

けっこう、そういう人が店に来ることも多いよって言おうとしたら、急に、バタン！って大きな音がしてびっくりした。校長先生を見たらなんか固まってる。本を落としたみたいで、床に広がってた。

「校長先生？」

「あぁ！　ごめんごめん。うっかり」

そう言って校長先生、笑おうとして、本を拾おうとしたけど。

ヘンだ。

顔色が悪い。

「校長先生!?」

ぼくが少し大きな声を出したら、周りにいた大人の人たちが寄ってきて、校長先生に声を掛けた。でもやっぱりその様子を見ておかしいって思ったらしくて、誰かが腕を支えるようにして持った。

「先生？　大丈夫ですか？」

「いや、これはすみません。ちょっと、めまいがしたみたいで」

発作とか？　汗もかいてるみたい。

「ごめんね、堀田くん、本を落としちゃって」

「大丈夫です」

集まってきた大人の人に支えられるようにして、校長先生が体育館を出ていった。

「どうしたんだろう」

メリーが心配そうな顔をしてる。

「うん」

「顔、真っ青だったよね」

「うん。ああいうの」

「なに？」

あれは、なんか。具合が悪いとかそういうんじゃないような気がした。なんとなくだけど。あれはね、って言おうとしたら。

「ふぅーうん」

頭の上からヘンな声が降ってきて、驚いて振り返ったらおじいちゃんがいた。

「おじいちゃん」

研人ぉ、がんばってるねぇえっ、てニコニコ笑ってぼくとメリーの頭に手を伸ばしてきてなでた。

「校長先生だよねぇ今のぉ」

「そう」

「具合が悪くなっちゃったみたいです」

メリーが言った。

「心配だねぇ」

「あれさ、おじいちゃん」

「なんだいぃ」

「ユーレイを見たような顔って言うんだと思う」

「ユーレイ？」

そう。

「本を見ていたら、急にだよ」

何かを見て、あんなふうになったんだ。そう言ったらおじいちゃんがリヤカーワゴンの上に乗っていた本を一冊取った。

「校長先生が見ていたのぉ、これだねぇ？」

「そう」

古いグラビア誌。昭和時代のトピックを集めたような本。みゆき族や、フォークコンサート、学生運動、アポロや大阪万博。それこそ校長先生やおじいちゃんたちが青春時代ってのを過ごしていたころの写真がいっぱい詰まった本。

おじいちゃんがパラパラとその本をめくりはじめたので、ぼくとメリーものぞきこんだ。もちろん見ても知らないことばっかりなんだけど、古い写真は見てるだけでけっこうおもしろいと思う。

「うーんとぉ、どうしたのかなぁ」

メリーが急におじいちゃんの手を摑んだ。

「待って！」

「どした？」

「これ」

メリーはちょうど開いたページの、モノクロの写真を指さした。上野動物園にパンダが来たときの写真。なんだっけ、カンカンとランランだっけ。その中の一枚を指さしたんだ。お客さんがたくさん写ってる写真。

「この人、お母さんに似てる」

「お母さんぅ？」

「メリーの？」

うん、ってうなずいた。おじいちゃんも、そういえば、とか小さな声で言った。あれ
おじいちゃんってメリーのお母さん知ってるのかな。

「似てる、っていうかそっくり」

「じゃ、これが、メリー？」

だってその女の人は、二歳か三歳ぐらいの女の子を連れているんだ。きっとパンダを
観に来た人たちを撮った写真で、たまたま前の方にいるのではっきりと姿も顔もわかる。

きれいに写ってる。

おじいちゃんが、ううん？　って首をひねった。

「違うと思うねぇえ。これはぁ昭和四十七年の写真だからぁ、女の子はメリーちゃんじ
ゃないねぇ」

「そっか」

「メリーちゃんのぉ、お母さん、今何歳だっけぇ？」

メリーが、えーっと、って上を見て考えた。

「確か、三十七歳」

「じゃあぁ、やっぱり全然違うねぇ。この女の人はどう見ても二十代でぇ、この頃に二
十四、五だとしても、今は六十歳近いねぇたぶん」

「でも」

メリーが唇をちょっと尖《とが》らせた。

「そっくりなんだもん。お母さんに」

「でもおじいちゃん」

「なんだぃぃ」

「この女の子も、たしかにメリーに似てるよね」

年はぜんぜんちがうのかもしれないけど、眼とか鼻とか、きっとメリーがちっちゃいときにはこんな顔をしてたって思う。

おじいちゃんが、うーんって唸った。

「確かにねぇ、よおっく似てるねぇ」

ふーんぅ、と言いながら、おじいちゃんは体育館の入口の方を見てた。

「で？　校長先生救急車で運ばれちまったって？」

晩ご飯のときに昼間の話をしたんだ。校長先生の様子がヘンだったたって。今日の晩ご飯は、もらい物の沖縄料理なんだって。ゴーヤチャンプルとかソーキソバとかが並んでた。

「そうなんです。幸いちょっと具合が悪くなっただけみたいで、もうお家に帰ったそうですけど」

お母さんは後からバザーに来て、他の知り合いの人にいろいろ聞いて、大じいちゃんに伝えてた。大じいちゃんは、そりゃあ心配だなぁとか言いながら箸で何かをつまんだ。

「なんだこりゃ。薩摩《さつま》揚げか？」

「チキアギって言うんですって」

「で、これがその本なんだな？」

お父さんがお箸で座卓の上にぼくが置いた本を指した。確かお父さん、お箸のおぎょうぎが悪いっていっつも大ばあちゃんに怒られてたよ。

「そう。でね」

ページを開いて、あの写真のところをみんなに見せた。

「この写真のこの女の人が、メリーのお母さんにそっくりなんだって」

「ふーん。きれいな人じゃん。うわ、やっぱり豆腐ようはきついね。美味しいけど」

「わたし食べても平気？」

「花陽ちゃんはやめておいた方がいいかも」

「確かにメリーちゃんに似てるわよね」

「メリーちゃんなぁ。そういや我南人はどこいったんでぇ」

「バザーから帰ってきて、『ちょっと出かけてくるねぇ』って、どっか行っちゃったよ」

おじいちゃんがいつもどこに行ってるかなんてほとんど誰も知らないんだ。家に帰ってこない日だってある。でもどっかに三日以上でかけてるときには、ちゃんと電話が入る。

って思ったら、電話が鳴って、近くにいたお母さんが取った。

「はい、堀田です。あら、校長先生！」

お母さんがぼくを見た。みんなも校長先生って聞いて、ピタッ、て箸の動きが止まった。校長先生がどうしたんだろう。

「はい、はい、本ですね？　ありますよ家に、はい、はい」

お母さんが手をひらひらさせてから、本を指さした。みんなが揃ってなんだろうって本とお母さんをじゅんばんに見てた。

「はい、はい、わかりました。お待ちしています」

「どうしたの？」

「校長先生がね」

「うん」

「その本を買いたいんだって。今から行ってもいいかって言うから」

「今すぐにかよ」

大じいちゃんが眼を少し大きくした。

「そうなんです」

えー、校長先生来るの？　って花陽ちゃんが言った。お父さんがちょっとだけ、顔をしかめた。

「これは、余程何かがこの本にあるんだね」

「やっぱり、具合が悪くなったのもこの本のせいなんだよ！」

だってどう考えても、この本を見て急におかしくなったんだもん。そうやって言ったらまた電話が鳴った。なになに連続で。

「はい、堀田です。あら？　うん、メリーちゃんね？」

メリー？

「うん、うん、ちょっと待ってね。研人、メリーちゃんから」

なんだ電話なんて。

「もしもし？」

（研人くん？）

「うん、どした？」

ふりかえったら、みんなが、じーっとぼくを見ていた。

（あのね、おばあちゃん）

「うちのおばあちゃんは死んじゃったけど。大ばあちゃんはいるけど、あ、ちがうかな
い」

（ちがう。うちのおばあちゃん）

「メリーのおばあちゃん？」

メリーのおばあちゃんがいなくなったって。

「え？」

なんでって思ったあとに、おもわずうちの大ばあちゃんを探したら、縁側のところに座っててぼくを見ているのが見えた。

大ばあちゃん、ときどき見えるんだよね。で、ちゃんとぼくたちのことがわかってるのも、わかるんだ。大ばあちゃんもぼくが電話で話しているのをじーっと見て何か考えてた。

「うちに？　うん、うん、わかったー」

ピッ、て電話を切った。よくわかんないけど、たいへんだ。

「どうしたんでぇ、メリーちゃん」

大じいちゃんがきいてきた。

「あのね」

みんなも、うんうん、って身を乗り出してきた。

「よくわかんないんだけど、メリーのおばあちゃんがいなくなっちゃったんだって」

「いなくなった？」

「どういうことなの？　なんでうちに電話が？」

お母さんが言った。

「メリーのおばあちゃん、隣の町に一人で住んでるらしいんだけどさ」

「うん」

「眼が少し悪くて夜なんかは一人ではめったに出歩かないんだって。それなのに、電話しても出ないから行ってみたらいなくなっちゃってたんだって」

「それは心配ね」

藍ちゃんが言うとみんなが、うんってうなずいた。

「それでね」

「うん」

「おばあちゃん、バザーにも来てたんだ。そのあとメリーがバザーの帰りにおばあちゃんちに寄って校長先生の話をして、あの本のことも話して、うちの店の話をしたんだって。そしたらすっごく真剣にいろいろ訊いてきてたんだってさ。うちの住所とか電話番号も。だからひょっとしたらって」

あぁなるほど、って、お父さんが手を打った。

「家に来るかもしれないってことだな?」

「そう。もし来たら、すぐに電話ちょうだいって」

「どうして家のこととか、そんなに訊いたのかな」

花陽ちゃんが言ったけどそんなのぼくにはわからない。

「なんでぇ落ち着いてメシも食えやしねぇな」

大じいちゃんがぶつぶつ言ってる。でも、大じいちゃんってどたばたしたり、メンドクサイことが起こったときってなんだか張り切るんだよね。

あ、大ばあちゃんが困ったもんだって顔してる。

＊

校長先生が、いつものスーツ姿のまんまでうちに来た。ぼくと花陽ちゃんが出迎えて、「どうぞ」って言ったのに玄関先で失礼するって言うんだ。でも、大じいちゃんがまぁまぁどうぞって無理やり居間まであげた。

藍ちゃんがせっかくいらしたんだからって、花陽ちゃんにお茶を運ばせていた。校長先生なんかうれしそうだったよ。

「何はともあれ、夜分にこんなふうに申し訳ありませんでした」

「いやいやなんの。お客様ならいつでもどうぞってもんで」

校長をやっております初芝《はつしば》ですって。そういえば初芝って名前だったっけ。ぜんぜん覚えてなかった。

「しかし、風情があって素晴らしいお宅ですね」

「いやなに」

校長先生がにこにこしながら居間をぐるって見わたして、大じいちゃんは古いばっかりですよって。そうなんだよね。大人の人はみんなフゼイがあっていいとか言うんだけど、すきま風なんかもけっこうひどいし、お風呂も古いし、ぼくとしてはもう少し新しい方がいいんだけど。でも、古くて何をやっても自由だから、そこはいいんだ。部屋をいろいろ改造もできるし。

「さて」

大じいちゃんは、あの本を校長先生の方に滑らせた。

「こいつが、お話のあった本ですな」

「あぁ」

校長先生、あのグラビア誌を手に取って頭を下げた。

「ありがとうございます。お代の方は？」

大じいちゃんがうなずいた。

「これぐらいは差し上げます、と言いたいところですがね。昨今は善意でも後から何かと突《つつ》かれて面倒くさいことになりますからなぁ」

校長先生も苦笑いしてた。よくわかんないけど。

「いやまったくですね。世知辛いというか杓子定規《しゃくしじょうぎ》というか」

「そんなもんで、値札にあるように、百円をいただきましょうか」

うなずいてお財布を出して、校長先生は百円を座卓の上に載せた。

「それでは、これで」

「確かに。領収書は、いいですな？」

「けっこうです。個人のものですから」

さてこれで済んだわけですけど、って言いながら、大じいちゃんの眉がひょいって上がった。あ、これはね、大じいちゃんが何かを探りたくなったときのクセなんだよ。

「ところで、お身体の方は？　何ですかバザーでお加減が悪くなったとか聞きましたがね」

あぁ、って校長先生はモモを軽く叩きながら苦笑いした。

「どうもご迷惑をお掛けしまして。なんともありません。ちょっとあれですね。心臓が縮み上がりまして、びっくりしたぐらいで」

お茶をいただきますって一口飲んだ。

「こちらの研人くんも驚かせてしまって申し訳ありませんでした」

「いやなに。それよりもですなぁ、驚かせちまったのは、なんでも家のその本じゃねぇかって、研人が言ってたんですけどね」

そう。でも校長先生、あ、って口を開いてぼくを見た。

「私どもの売り物の本でね、そんな風にご迷惑かけたんじゃあこちらも夢見が悪いってもんでねぇ。差し支えなきゃで結構なんですが、何があったのか教えていただけませんかねぇ」

大じいちゃんってにこにこしながら言ってるけど、知らない人から見たらこういうときの大じいちゃん、〈有無を言わさぬ迫力〉ってのがあるんだって。

校長先生、そうですね、ってうなずいて、少し考えた後で、本を開いた。あの上野動物園の写真のページ。

「この写真なんですが」

「ふむ」

大じいちゃんもそれから隣にいたお父さんも本をのぞき込んだ。

「こちらに写っている女性は、幽霊なんですよ」

「なんですって?」

思わず周りを見て大ばあちゃんを探しちゃった。そしたら大ばあちゃん、大じいちゃんの後ろから本をのぞきこんでて、びっくりした顔をしてた。すぐ消えちゃうけど。どうも大ばあちゃん、びっくりしたりよろこんだりしたときってぼくに姿を見られちゃうみたいなんだよね。

「いや、もちろん、確かめたわけではないのですが」

「どういうことです？」

お父さんに訊かれて、校長先生が小さく息を吐いた。

「もう、四十年も前になりますかね。私がまだ大学生のころの話です」

学生運動の時代ですねってお父さんが言った。聞いたことあるよ。おじいちゃんもその頃大学生で、もうロックンローラーやってたからぜーんぜん関係なかったって言ってたけど、なんだか大学生や高校生の人たちがものすごい勢いで世の中と戦っていたんだって。ヘルメット被って、棒を持って。

「恋人がいました。同じ大学で、同じ志を持ち、共に戦った仲間でもありました」

「なるほど」

西田優子《にしだゆうこ》さんっていうその女の人と校長先生は、そういう騒ぎの中でも将来を誓い合ったんだってさ。結婚だね。

でも、ある日。

「機動隊との激しい衝突の中で彼女と離れ離れになってしまいました。それまでにない、本当に激しい騒ぎで、仲間の中から死者も出たという噂も流れ、私は優子を必死で捜しまわりましたが見つかりませんでした」

下宿にも大学にもどこにもいなくて、その日から優子さんは姿を消しちゃったんだって。毎日捜すわけにもいかなかったけど、校長先生は二週間ぐらいずっと捜し回ってたって。

昔はケータイもなかったし、学生だったら部屋に電話がないのもあたりまえだって聞いたことがある。それなら、なかなか会えないし捜せないよね。

「思い余って、山口県にある彼女の実家に行ってみました。そこの、仏壇に、優子の写真があったのです」

「なんと」

大じいちゃんが口をパカッと開けた。

「お亡くなりになってたんですかい」

校長先生は、頭をがくん、と下に向けた。それは、キツイよね。ぼくだってそれぐらいわかるよ。おばあちゃんのときも、大ばあちゃんのときも、悲しかった。

「優子は騒ぎの中で怪我をして、病院に収容され、実家に連絡がいったそうです。何日かは持ったそうなんですが結局帰らぬ人になったと。私は呆然《ぼうぜん》としましたが、それ以上は何も出来ずにただ一人泣き、悲しみ、帰ってきました」

校長先生はショックでその日から大学に行かなくなった。それからその学生運動っていうのはどんどん小さくなっていって、校長先生はそのまま大学を中退して実家に帰って、また地元の大学に入り直したんだって。それで、先生になる道を選んだんだって。

「そうして、今の家内と結婚し子供も生まれ、こうして教員生活を続けて、そろそろ定年という年にまでなってしまいました」

「そうでしたかい」

そんなことがねぇ、って大じいちゃんが腕組みした。

「あ、それじゃ」

お父さんだ。

「この写真の人が」

「そうなんです」

みんなで本の写真を見た。

「驚きました。これは、紛れもなく、私の恋人だった優子なんです」

「いやしかし」

大じいちゃんが写真をまたのぞき込んで言った。

「生きてますな、このご婦人は。しかも可愛らしい子供も連れて」

校長先生は、苦笑いして首をひねった。

「他人の空似だと思ったのですが、本当に瓜二《うりふた》つなのですよ。あの場ではただただ驚いて血の気が失《う》せてしまったのですが、もう一度確かめたいと思いまして。もう矢も楯《たて》もたまらず、こんな時間にお邪魔したわけです」

「なるほどねぇ」

「それで、どうなんでしょうか。こうして改めて写真を見て」

お父さんがきいたら、校長先生は、うん、って大きくうなずいた。

「そっくりです。長い時間が経ってしまいましたが、忘れるはずがありません。この女性は優子そのものです」

スーツの内ポケットから何かを取り出したって思ったら、写真だった。

「当時撮った、優子との写真です」

「あ、校長先生だ」

若いときの校長先生。今よりずっとやせてるけど、すぐにわかった。そして横に写っている女の人は。

「ホントだ」

同じ人だ。

大じいちゃんとお父さんも唸って、今までずっと隣の台所で話を聞いていた藍ちゃんとお母さんと花陽ちゃんも我慢できなくなったみたいで、失礼しますって居間に入ってきて写真を見比べてた。

「これって、同じ人だよね。どう見ても」

花陽ちゃんがびっくりしてる。

「他人の空似なんていうレベルじゃないわね」

お母さんが言って藍ちゃんと顔を見合わせた。女の人が見てもそう思うんだから、そうなんだよね。

と、いうことは。

「だってぇえ」

庭から急に声が聞こえてきて、びっくりしてみんなが振りむいたら、そこにおじいちゃんが立ってた。

いつの間に。でもおじいちゃんっていっつも突然現れるんだ。

「本人なんだからねぇ、そっくりなのは当たり前だねぇ」

「え？」

「何言ってんだおめぇいきなり現れやがって」

大じいちゃんが少し怒ったら、おじいちゃんはゆっくり横の方に手を伸ばして、そっちの方から誰か出てきた。

「あなたは」

校長先生が、急に立ち上がって座卓に足をぶつけちゃって倒れて、お父さんがあわてて大丈夫ですか！　って。でも、校長先生、すぐに立ち上がって。

「優子さん？」

優子さんって。

そしたら今度は玄関の戸が開いて、青ちゃんの「ただいまー」って声が聞こえてきて。

「研人！　お客さんだぞ！」

「え？」

今度はぼくがあわてて玄関に走っていったら、そこにメリーと、メリーのお母さんが立ってた。

「そこで会ったんだ」

青ちゃんがにこにこしてメリーの頭を撫でた。青ちゃん、可愛い子ならどんな年齢でもオッケーだもんね。

＊

居間に全員集合しちゃった。

大じいちゃんにおじいちゃんにお父さんにお母さんに藍ちゃんに花陽ちゃんに青ちゃ

ん。

そして、おじいちゃんが突然連れてきたおばあちゃんは、死んだはずの校長先生の恋人だった優子さんで、その優子さんはやっぱりメリーのおばあちゃん！　メリーのお母さんも、すみませんお騒がせしてってあやまってた。

「何もかも、私の不徳の致すところです」

メリーのおばあちゃんの優子さんは、ハンカチで眼を押さえて、それから頭を下げてそう言った。

「するってぇと、あれだね？　死んだってぇのは、あんたの親御さんの狂言芝居だったと」

はい、っておばあちゃんはうなずいた。

「なんでまたそんなことをしたの？」

メリーのお母さんが、優子さんに、つまり自分のお母さんに訊いた。昔、校長先生の恋人だったなんてそんなことぜんぜん知らなかったみたい。

優子さん、ハンカチで口を押さえて、話し出した。

「当時、私と初芝さんが付き合っていたことを、両親は許していなかったのです。早く別れろと何度も電話や手紙を寄越《よこ》していました。猛反対していたのです。私が学生運動に身を投じたのも、すべて初芝さんの影響だと」

　おじいちゃんがうんうんってうなずいた。あれだよね、その頃のことをリアルタイムで知ってるからだよね。

「あれはひどい大混乱だったよぉ。僕はねぇ、LOVEがないなぁってずっと思ってた。あの中にねぇ、自分の娘を放り込むような男なんてねぇ、なんとしても別れさせたいって思うよねぇ」

「でも、そこまで」

　お母さんが言ったら、おじいちゃんは、ううん、って唸った。

「それも、優子さんのご両親のLOVEなんだよぉ、やっぱり。願うのはただただ自分の娘の幸せなんだぁ。そのためにだったら、男を騙《だま》すぐらい親はやっちゃうよねぇ」

　大じいちゃんが、しかめっつらをしておじいちゃんを見た。大じいちゃん、なんだかいつもより渋い顔をしてる。

「まぁてめぇに言われたくねぇお人はいっぱいいるだろうけどよ。確かに親の気持ちとしちゃあ理解はできるわな」

　申し訳ありませんって、また優子さんあやまっちゃった。ぜんぜん本人はわるくないのにね。

「私が、騒動の中で怪我をして、病院に運ばれたのは本当なのです。腰の骨を折ってしまったのです」

「腰を」

　校長先生が驚いていた。

「しばらく入院することになってしまい、退院しても自宅療養せざるを得ませんでした。初芝さんとは連絡が取れず仕舞《じまい》でした。その間に両親は、きっと家に初芝さんが訪ねてくるだろうと考えて」

「あんたが死んじまったことにしようって画策したってわけかい」

「はい」

　優子さんは校長先生に何度も手紙を書いたけど、全部戻ってきたんだって。校長先生が実家に帰っちゃったあとだったんだね。

「ねぇ」

　ずっとだまって聞いてたメリーが言った。

「おばあちゃんは、身体が治ってから校長先生を捜さなかったの？」

　優子さんが、メリーに向かって、にこっ、て笑った。

「そうね」

　うなずいてから、少し息を吐いた。なんだかちょっと辛そうだよ。

「芽莉依にわかるかなぁ。おばあちゃんもね、あの頃疲れちゃったのね。いろんなことを諦めちゃったのね。なんて言おうかなぁ。時代が終わったって思ったのかな」

「時代」

「そう」

優子さんはそう言って、背筋をピンと伸ばした。向かいあった校長先生に向かって、もう何度も頭下げてたんだけど、また改めてって感じでゆっくり頭を下げたんだ。

「本当に、本当に、申し訳ありませんでした。ありがとうございました」

校長先生、それを見て、口をまっすぐにした。じーっと優子さんを見て何かを考えていた。

それから、おんなじようにゆっくりゆっくり頭を下げてから、言ったんだ。

「こちらこそ、申し訳ありませんでした。お元気で、本当にお元気で、何よりでした」

そのまま二人ともしばらく動かなかった。


きっとね、ぼくやメリーや花陽ちゃんに見せたくなかったんだと思う。

涙を。泣いてるのを。

だって校長先生は前に言ってた。先生が子供の頃は、男の子は簡単に泣いちゃダメだったって。泣きたくなっても、上や下を向いて、唇を嚙んでガマンして涙を隠していたもんだって。

＊

メリーがぼくの部屋を見たいって言うから部屋に連れてきた。花陽ちゃんと一緒の、納戸を改造したところだけどね。

「窓から屋根に出たら、居間が見えるぞ」

「ホント？」

二人で屋根の上に出て、そっと居間を見下ろした。大じいちゃんが校長先生とメリーのおばあちゃんに「このまんまさよならってことはねぇでしょうよ」って言い出してお酒が出てきたんだ。それでぼくたちは追い出されたからちょっとくやしかった。

「おばあちゃん」

メリーが居間を見ながら言った。

「なに？」

「校長先生と一緒にいるのに疲れちゃったって」

「さっき言ってたな」

メリーはくるっと顔をこっちに向けてぼくを見て言った。

「わたしは疲れないよ、ゼッタイ」

「なに言ってんの?」

わかんないからそう言ったら、花陽ちゃんが後ろでふき出してた。

なに笑ってんの?

言わぬも花の娘ごころ

千葉真奈美《ちばまなみ》

有楽町《ゆうらくちょう》の日比谷シャンテ辺りで、突然後ろから腰の辺りに手を回されて抱きつかれた。

人間の脳の働きってすごいもので、「きゃあ」の「き」を言う寸前のコンマ何秒かでその感触に思い当たるものを弾《はじ》き出した。

首を思い切り捻って、見るとやっぱり。

「花陽ちゃーん」

へへー、真奈美《まなみ》さーん、と、屈託ない笑顔を見せる可愛い女の子。

花陽ちゃん。

堀田家のアイドル。

「びっくりしたぁ。痴漢かと思ったよー」

「チカン？」

にやっ、と笑って花陽ちゃんはそのまま私のお腹《なか》をこちょこちょとくすぐる。やめてやめてお願いって言いながら二人でじゃれあった。髪を後ろでまとめた花陽ちゃんのほつれ毛が、汗でおでこに張り付いてる。まだ暑いものね。

「どうしたの？　ひとり？」

いくら夏休みとはいえ夕暮れが辺りを満たしてきた頃合いに、小学校六年生がこんなところにひとりは不用心と思って訊いたら、花陽ちゃんは、ちょいちょい、と人差し指をあっちの方に向けて動かした。

十メートルほど先に金髪長髪のすらりとした男の人の後ろ姿。

我南人さんだ。

「おじいちゃんと映画を観に来たんだ」

観終わって映画館を出たら、我南人さんは知り合いとばったり会ったようでそこで話し込んでしまった。退屈と思いかけたところで、私を見つけたそうだ。

「そっか」

私は用事を済ませ、さてここまで来たのなら少し銀座辺りでウインドウショッピングでも、と、ぶらぶらしていたところ。

「じゃあ私とお茶でもしてから、一緒に帰ろうか」

「いいの？」

「いいよー」

おじいちゃんに伝えてきて、って言おうと思ったらもう花陽ちゃんは可愛らしいワンピースの裾を翻して走り出していて、我南人さんに声を掛けた。こちらを振り返った我南人さんと眼が合った。

軽く手を振ったら、思いっきり大きな声が返ってきた。

「真奈美ちゃぁんぅ！　花陽をよろしくねぇえ!!」

周りにいたほぼ全員の通行人の視線が一度我南人さんへ向かってからこちらへ。恥ずかしいってば我南人さん。

近くの洋菓子店がやってるカフェへ移動して、それから藍子さんに一応電話。我南人さんから花陽ちゃんを預かったからねって言うと、いつものように藍子さんは「ごめんね、真奈美ちゃん」って。いいからいいから。私も楽しんでるんだから。堀田家の皆さんと関わるのを。

私は洋酒が少し入ったケーキとアイスティ、花陽ちゃんはいちごのショートケーキにアイスミルク。

「花陽ちゃんって牛乳好きだよね」

「うん。背大きくなりたいから」

「へー、そうなんだ。なんで」

「モデルになりたい」

あら。でも、牛乳なんか飲まなくてもねぇ。

「お母さんもおじいちゃんも背が高いからね。きっと花陽ちゃんも大きくなるよ」

本当にそう思う。花陽ちゃんは小さい頃から手足がスラリと長い女の子だったから、それこそモデル並みの身長で美しい身体の女性になるに違いない。藍子さんがそもそもそういう身体つきなんだから。

そう言うと、ケーキをフォークで食べながら嬉しそうに笑ったけど、その後にちょっとだけ微妙な表情を見せた。なんだろう。

「真奈美さんね」

「うん」

「お母さんとずっと一緒だよね、小さい頃から」

「そうね」

あ、ひょっとしたら、と、花陽ちゃんがこれから言おうとしていることに思い当たってしまった。三十路《みそじ》の独身女だけどまだまだ頭の回転は悪くないわって思いながら、さてどう答えようかとものすごい勢いで頭がフル回転していた。

「何でも知ってる？　お母さんのこと」

「うーん」

なんでも、というわけではないだろうけど。

「まぁ、ね。それなりには」

少し付き合いが薄かった時期もあったけど、それは中学・高校ぐらいか。

「お父さんのことも、知ってたの？」

来た。

やっぱり、それか。

ついこの間、堀田家にやってきた青ちゃんのお嫁さん候補のみすずちゃん、いや違った、すずみちゃんだ。槙野すずみちゃん。

なんだか随分とドタバタしたらしいけどなんとか丸く収まって、すずみちゃんはすっかり青ちゃんの婚約者として落ち着きかけてるんだけど。

そうだよね。気になるよね。いくら血の繋がったお姉さんといっても腹違いでしかも今までその存在さえも知らなかったんだから。

そして、花陽ちゃんは六年生とはいえよく気がつくし賢い子だから、それがどういうことか、ちゃんと判ってる。

「すずみちゃんやお母さんに直接は訊きづらいかぁ」

そう言うと、花陽ちゃんはぺろっと舌を出して笑った。

「一応ね」

おしゃまさんだし、気が強いし、明るくて元気だけどとっても優しい女の子。こんな子が自分の娘だったら嬉しいだろうなぁっていつも思ってた。

きっと、内心は複雑なはず。自分のお母さんが不倫をして産んだのが自分だってことを理解して。その不倫相手の、自分の実のお父さんとずっと一緒に暮らしてきたお姉さん、すずみちゃんが今は家に居るってこと。

それでも、花陽ちゃんがひねくれたりしないでちゃんとしてるのは、子供心のしなやかな強さと、持って生まれた資質なんだろうなって思う。

もちろん藍子さんや皆がしっかりフォローしてるし、当のすずみちゃんがとってもいいお姉さんなのもあるだろうし。

「よし」

教えてあげようか。

ここは〈ご近所の世話好きおばちゃん〉の出番でしょう。いやまだ若いつもりですけどね。

なにより、花陽ちゃんの周囲の人間で生前の花陽ちゃんのお父さん、槙野春雄さんに会ったことがあるのは、藍子さんとすずみちゃん以外には私しかいないんだから。

「もう十二年？　十三年か。そんなに前の話になっちゃうんだ」

藍子さんが二十二歳。私が、二十一歳のとき。

＊

久しぶりに藍子さんに会った。

ご近所さんなのだから、そこら辺りですれ違って手を振ったり「暑いねー」なんて軽く言葉を交わしたりなんてことはたまにはあったけど、きちんと向かい合って話をしたことなんかもう何年もなかった。別に仲が悪いわけでもなんでもないのに。

真正面からまじまじとお互いに相手を見つめるなんて、本当に久しぶり。

しかもそれが。

それが、隣町の産婦人科の廊下で、なんて。

私は藍子さんが、藍子さんは私が、どうしてここにいるのか全然理解できなくて、じーっとお互いに見つめ合ってしまったのだ。


ひとつ上の幼馴染みの藍子さん。

たったひとつ違いだから、小学校の頃は藍ちゃんって呼んでいたのに、いつの間にか藍子さんになった。

そう呼ぶようになってしまったのは、藍子さんが変わったからだ。

そう、急に大人びてお姉さんになって、〈藍子さん〉って呼ぶのが似つかわしいようになってしまったんだ。

その原因は、たぶん、突然やってきた弟の青ちゃん。

そのときは、ただ喜んでいた。青ちゃんは本当にきれいな顔をした赤ちゃんで、すっごく可愛いねって私も何度となく顔を見に行ったし、抱っこさせてもらったりしてた。まだ小学生だったから、お母さんの秋実さんはいったいいつ産んだんだろうなんて疑問に感じなかった。

理解したときには、もう青ちゃんは堀田家の次男の青ちゃんでしかなかったので、自然と、青ちゃんの出生の秘密は曖昧なままになっていった。

何といっても、父親は我南人さんなんだから。

あの人だったらどんなことを起こしても、ただ、そうかー、と納得してしまう。

ご近所付き合いの深いこの辺だから、皆が我南人さんという人をよく理解しているから、青ちゃんのことに関してはまぁきっとそういうことなのよね、と無言のうちに了解している。

きっと藍子さんは、青ちゃんが家に来たときに、〈自分のお父さんが他の女の人に産ませた赤ちゃん〉ということをきちんと理解したんじゃないかしら。理解した上で、しっかりとした〈お姉さん〉になろうって決めたんじゃないかな。年子の弟である紺ちゃんだけだったなら、ひょっとしたら藍子さんはあの元気一杯の女の子のまま育ったのかもしれない。

お姉さんとして頑張らなきゃという素直な気持ちと同時に、複雑なものがあったんだと思う。そんな話を二人でしたことはないけど、たぶんそんな気がする。


見慣れた我が家とはいえ、昼間の小料理居酒屋の中って本当に空々しい。夜になって明かりが灯《とも》されて初めて店中が息をして血が通い始めるみたいな感じ。

その空々しい店のカウンターに藍子さんと二人きり。でもこういう内緒話を誰にも知られずにできるのは良かったかもしれない。

藍子さん、相変わらず不思議な顔立ちだ。顔に不思議っていう形容詞を使うのは不適切だろうけど、そうとしか言いようがない。

飛びっきりの美人というわけではないけど、印象としては整った顔立ち。個性的とはっきり言い切れないけど、大勢の中でも何故か目立ってしまう。

たぶん、眼とか鼻とか口とか耳なんかが、ものすごく綺麗な形をしているから。そして、それぞれはものすごく綺麗なのに、柔らかいぽわんとした女性らしい輪郭の顔立ちがそれを打ち消している感じ。

「なんだか、店に来たのはすごく久しぶり」

「そうだね」

「最後に来たのいつだったかな。開店してすぐぐらいよね」

「そう、かな？」

小学生の頃の私と藍子さんは似ていたんだ。

二人ともすごく活発な女の子だった。お互いに男兄弟がいたっていうのもあっただろうし、家が商売をやっていたのも影響したのかもしれない。

藍子さんは古本屋の娘だったし、私は魚屋の娘。もっとも私が中学校に上がったときに、父は念願だったという小料理居酒屋に商売替えしたんだけど。

そのときは、なんだかただただびっくりしたのを覚えてる。今になってみれば、魚屋が小料理居酒屋になる、というのは、あぁなるほどそれは新鮮な魚料理とかが美味しそうでいいわね、なんて思えるけど、そのときは。

朝早くて暗くなる前には商売が終わっていたのに、いきなり夜の商売になってしまって、しかも大人が集まって酒を飲んで騒いで酒臭くて煙草臭くて。

中学生の私はその現実に慣れるのに必死だったっけ。

そうか、そういう意味では私も藍子さんと同じように変わっていったのかもしれない。そういう変化に自分の気持ちを、心持ちをしっかり寄り添わせていくのに必死で、お互いに余裕がなかったのかな。だから、あんなに仲が良かったのに、中学、高校時代はほとんど交流がなかったんだ。近所で一日一回は顔を合わせていたのに、挨拶するぐらいで。

「藍子さん」

「うん」

「訊いていい？」

どうぞって、頷いた。

「その、大学の教授は」

「槙野教授」

そう、その槙野さん。

藍子さんは、ほんの少し眼を細くして首を横に振った。

「独身なの？」

「奥さんも、お子さんもいるの」

もうどんな顔をしていいか判らなかった。不倫、という二文字がどーん！　と頭の中に浮かんできて。

まだお昼前だっていうのに、冷たいビールでもかっくらいたくなってきてしまった。お互いに二十歳を過ぎたんだから、昼間っから酒を飲んでも誰にも文句は言われないけれど。そうだ、藍子さんを溺愛する勘一おじいちゃんがここに居たら、てやんでぇこれが飲まずにいられるか！　って吠《ほ》えるんじゃないか。

「好き、なのよね」

もちろん、と、藍子さんはにっこり笑って頷いた。

「嫌いだったら、そんなことになりっこないでしょ」

「そうよね」

それにしても、妻子ある責任もある大学の教授が自分の教え子に手を出すとは何事か！　と、まるで親戚のおばさんのようなことを言いたくなったのだけど、こらえた。

藍子さんは、私の考えていることを見透かすように、ほんのちょっと首を傾げた。

「槙野教授は、私の先生じゃないの。国文学科だから、全然関係ない」

そうだ、藍子さんは教育学部の美術学科専攻。接点があるはずない。

「それなのに、どうして？」

「それは」

それは、と二回繰り返した。少し眼を伏せて、それから私を見た。その眼の中にあったものが、そこに込められた感情のようなものが、まるで私の知らない藍子さんだったので、驚いた。どきどきしてしまった。何て言えばいいのか。

込められた思い。

それはきっと槙野さんに対するものなんだ。槙野さんへの溢れる思いがそこに込められている。男の人なら、色っぽいとか艶っぽいって表現するのじゃないかしら。

「呆《あき》れられるかも」

「いや、言ってよ」

そこまで溜《た》められて、躊躇されても困る。藍子さんは、恥ずかしそうに頬を染めた。

「一目惚《ひとめぼ》れ」

「はい？」

「ほら」

呆れた？、と藍子さんは微笑んだ。いや、呆れるというか。

「一目惚れって」

それは、まぁもう二十二にもなった女でもまるで中高生みたいにそんな乙女チックなことを言ってもいいけど、許すけど。

「一目惚れから妊娠は一足飛び過ぎるでしょう」

しかも妻子ある人と。藍子さんは少し下を向いてから、微笑んだ。

「飛び越えちゃったのね」

「飛び越えちゃったって」

落ち着きなさい真奈美。自分にそう言い聞かせるつもりでおでこに手を当てた。そうしたら、藍子さんがくすっと笑った。

「真奈美ちゃん、相変わらずだね」

「え？」

「その癖。すぐおでこに手をやるの」

「そうだっけ？」

慌てて手を離したら、そうだよって藍子さんは私のおでこをちょんと突っついた。

「だから真奈美ちゃんのおでこっていっつもきれいなのかなって思ってた」

赤ちゃんの肌みたいにきれいなおでこ。そうかもね。そういえば最近でこそ言われなくなったけど、小っちゃい頃は、でこちゃんと呼ばれてた私。藍子さんだって、小学校の頃はそう呼んでいたっけ。

いや、そんなこと考えてる場合じゃない。

藍子さんが、妊娠。相手は、大学の教授。これは、私の人生最大の衝撃的なニュースかも。

＊

じっと私を見つめながら話を聞いてた花陽ちゃんの眉間に皺《しわ》が寄った。これはね、花陽ちゃんがすっごく真剣に悩んでいる証拠。生まれたときからずっと見ているんだからすぐに判る。

「花陽ちゃん」

「うん」

「悩んでいるんでしょ」

藍子さんが花陽ちゃんを身籠ったことを最初に打ち明けた他人は私だというのは判った。でも、何故、私が隣町の産婦人科に居たのか。それを訊いていいものかどうか。うん、ちゃんと教えてあげる。

「あのね」

もう単なる笑い話。

「私ね、当時付き合っていた男の人の子供が出来たんじゃないかって、検査に行っていたの」

「えっ！」

「いやいや、結局妊娠はしてなかったのよ。セーフ」

実はその男の人は、花陽ちゃんも知ってる人なんだけど、それは内緒。

「誰にも知られたくなくて、わざわざ隣町の病院に出掛けたんだけど、まさかそこで妊娠した藍子さんに会うとは」

人生における偶然とはつまり縁である、なんて言ったのはどこの国の学者さんだったかしら。

「そもそも、私の知ってる藍子さんは、恋愛とはいちばん遠い世界にいる人だったのよね」

「そうなの？」

道でバッタリ会う以外、その姿をふと見かけるときにはいっつもカンバスに向かっていた。絵を描くことが大好きで、中学校も高校も美術部だったし、大学でも美術の勉強をしている。将来は絵画を教える先生になりたいって話も聞いたことがある。

それ以外は、なんにも興味がないような人だった。

「あれは、いつだったかなぁ」

高校生のときだったかな。私が買い物帰りに遠回りしてだんだら坂から帰ろうとしたら、坂の横の空き地で藍子さんがカンバスを立てていた。

筆は持っていたけど動いてはいなくて、藍子さんは沈んでいく夕陽をただじっと見つめていた。その頰に、涙が伝っていて、私は慌てて駆け寄ったんだ。藍子さんは私に気づいてゆっくりと涙を拭いた。

「なんで泣いてたのお母さん」

「それがね、訊いたら、『このきれいな風景を観ているだけで幸せな気持ちになっちゃって』なんて言って微笑むのよ」

花陽ちゃんは眼を丸くして、それから口を押さえて笑いをこらえたけど、嬉しそうだった。

「なんか、お母さんっぽい」

「そうなんだけどね。高校生よ、その頃」

私は何を言ってるんだこの人はって呆れるやら感心するやら。

学校で男の子たちに交際を申し込まれても、「十年後にもう一度申し込んでください。そのときにお返事します」って言っていた。それはもう心の底から真面目に。それぐらい強い気持ちじゃないと、恋愛というものは成り立たないって考えていたんじゃないのかな。

「ある意味、すごい人よね」

＊

「それで」

「なに？」

「どうするの、赤ちゃん」

そのときには私はもう決めていた。どうであろうと、藍子さんの力になろうって。

もし産めないって言ったら貯めたお小遣いを出してあげよう。産むのだったら、たぶん勘一おじいちゃんが大暴れするだろうから、しばらく私の家に泊めてあげようって。すぐさま決めていた。

だって、私は藍子さんが好きだったんだから。

そういうような意味ではなくて、純粋に友人として。でも、単なる友情とかそんなものでもなくて、小さいときからずっと一緒にいて、喜んだり笑ったりするのを見るのが大好きだった人だから。

そうなんだ。嬉しかったんだ。藍子さんと一緒になって遊んでいる時間が本当に嬉しくて楽しくて、だから、急に大人びて大人しくなっていった藍子さんから少し離れてしまったのかも。

「産みたい」

藍子さんは、はっきり言った。

「あの人の子供を、産みたいの」

まっすぐに私を見たその瞳に何の迷いもなかった、ように思えた。

「じゃあ、教授にも言うのね」

「それは」

言えない、と藍子さんは下を向いてしまった。

「その子の父親でしょう？　黙って産むつもり？」

「あの人の家庭を壊す気はないの」

「そんな」

そんなお昼のメロドラマだって今どき使わないような陳腐な台詞を言ってどうするの。確かに平和な家庭を壊すのは控えた方がいいだろうけど、このまま黙って子供を産むなんて。

「大丈夫、やっていける」

その瞬間。

眠っていたものがむくむく起き上がってきてどんどん膨張してきて私の身体の内側一杯に膨れ上がって、なんだか自分の身体が一回り大きくなってしまったような気がした。

それは、私の身体の中を流れるお節介の、いや、鯔背《いなせ》な魚屋夫婦と評判だった父母譲りのちゃきちゃきの下町っ子の血だ。

そして、大好きな友だちのためにだったらいろいろしてあげなきゃ気が済まないっていう私の心根だ。

「何言ってんの！」

藍子さんがびくん！　と反応して顔を上げた。

「そりゃあね、いいわよ。そういう決意をしたのは、覚悟をしたのはさすが藍子さんよ。

どうであれ最終的には自分の責任よね。いい！　女一人で立派な子供育ててみせるって強い気持ちを持つのは立派よ。私ももう何でも協力する。赤ちゃんのおしめだって洗ってあげるし何なら怒り出す勘一おじいちゃんを一緒になって説得してあげる。でもね、でもね、でもね」

でもね。

「男に、赤ちゃんの父親に、何の覚悟もさせないでそのまま終わらせるなんて、それは絶対ダメ！」

藍子さんの眼が真ん丸くなっていた。

「ちゃんとその教授に言わなきゃ。あなたの子供ですって。私が育てますから、あなたに迷惑は掛けませんからってきちんと伝えてからじゃなきゃダメよ！　その上で家庭を壊す壊さないは向こうの責任でしょ。藍子さんもその責任を負わなきゃダメでしょ。そうじゃなきゃ、将来その子に顔向けできないでしょ。それが、覚悟ってものじゃないの？」

きっと私は一方的に捲《まく》し立ててはぁはぁ言っていた。

「真奈美ちゃん」

藍子さんがきょとんとした顔をして私を見た。

「なに？」

「ひょっとして、真奈美ちゃん、産婦人科にいたのは」

あ。

「いや、それはもうどうでもいいの。全然なんでもないから、考えなくていいから」

とにかく。

「槙野教授にきちんと伝える！　言えないなら私が一緒に行く！」

＊

「それで」

花陽ちゃんの眼がまた丸くなっていた。

「真奈美さん、お母さんと一緒に会いに行ったの？　お父さんに」

「行ったのよ」

藍子さんは自分一人で行くって言ったけど、私がそれを許さなかった。

「なんで？」

「だってね、そのとき私の頭の中では、槙野教授は自分の大学の学生に手を出すとんでもないスケベ親父に思えていたのよ。純情可憐《かれん》、ではないけど、浮世離れしたような藍子さんをだまくらかすとんでもない男に」

言ってからごめんねって謝った。花陽ちゃんは会ったことないけど、一応、実のお父さんなのだから。

「いや別になんでもない。じゃあ、お母さんを守ろうと思って一緒に行ったんだ」

「守るというか、第三者としてね」

藍子さんが自分の覚悟をきちんと伝えるのを確認して、向こうが二度と藍子さんに会わない約束を取り付けようと思っていた。

「もしくは」

迷ったけど、言った。

「お金をふんだくってやろうかと。養育費とかそういうのね」

またまた花陽ちゃんの眼が丸くなったけど、可笑しそうに笑いながら言った。

「真奈美さん、そういうの好きだよね」

「ええ？」

「だって、前もそんなことあったって。ほら、昭爾屋さんの楓《かえで》ちゃんのとき」

「あぁ」

あったわね。でももうそれは言わないでほしい恥ずかしいから。

「でもねぇ」

「うん」

「藍子さんも、私が一緒に行くことで、少しホッとしていたみたいだった」

「そうなの？」

やっぱり、迷っていたんだと思う。きちんと伝えなきゃならないという気持ちもあったけど、電話で済ませてしまうのはあまりにもな話だ。かといって、直接会えば、心が揺れるかもしれない。

「もう二度と関わらないと決めた自分が揺らいでしまうかもって躊躇していたんだね」

そこに私がちゃちゃを入れて、まぁ良かったのかもしれないって思う。花陽ちゃんはうんうんって頷いていた。

あ、そうだ。

「それからね」

「うん」

きちんと背筋を伸ばした。花陽ちゃんをちゃんと見て、言った。

「これだけは、伝えておくね。あなたのお父さん、槙野春雄さんは、とても良い人でした。そりゃあ浮気なんかしちゃって、社会的に立派だとは言えないかもしれないけど、ちゃんと、お母さんのことを、藍子さんを愛してました」

小学生にそんなことを伝えてどうするって思うけど、大丈夫。花陽ちゃんなら感じ取れる。きちんと愛していたってことを。

花陽ちゃんは、少し恥ずかしそうにして、でも嬉しそうににっこり笑った。

「槙野さんが、離婚しなかったのは藍子さんを捨てたわけじゃないの。藍子さんが、それを望んだの。自分には、ちゃんと家族がいるからって」

「家族」

「勘一さん、サチさん、我南人さん、秋実さん、紺ちゃんに青ちゃん。大好きな素晴らしい家族がいるから大丈夫って。きっと丈夫なきちんとした子供に育てるから心配しないでほしい。槙野さんは、槙野さんの家族を大切にしてほしいって」

すずみちゃんのことも、その当時から藍子さんは写真で見て知っていた。あんなに可愛い女の子を、娘さんを泣かせたくないって。

「まさか大きくなっていきなり家に現れるとは、青ちゃんのお嫁さんになるとは思ってもみなかったでしょうけどね」

「びっくりだよね」

「本当よねー」

人生は何が起こるかわからない。だからおもしろいのか。

「じゃあ、そのときだけだったんだね。お父さんに会ったのは」

「んー」

これも、言っておくか。

「実は、違うの」

「また会ったの？」

「そう、藍子さんに内緒で」

「えっ」

そう。驚いたのよ私も。

＊

最初に会いに行ったときには、堂々と大学の槇野さんの教授室に行った。だってどこかで人目を忍んで会うより、その方が自然だから。藍子さんはここの大学の学生なんだし、私だってとりあえず学生の皆さんと同じ年代だし。

そこで、古ぼけたソファに座って向かい合ってきちんと話をした。正直驚いたのは、槇野教授がとても素敵な人だったこと。別に藍子さんの男の好みを疑っていたわけじゃないけど、私の頭の中には中年のくたびれたスケベ親父しかなかったから。

我南人さんもかなり素敵なおじさまだけど、槇野さんはきちんとスーツを着こなした知的な紳士だった。

それでもやっぱりかなり動揺はしていたみたいだけど、少なくとも立派な、いややっぱり学生に手を出したんだから立派じゃないけれど、しっかりと自分の責任を態度で表明してくれた。一人で産んで育てるという藍子さんに、そんな無責任なことはできないと、悩んでいた。

私がいたから、あくまでも冷静に二人は話し合ってはいたけれど、言葉の端々に滲む何かをひしひしと感じた。

この二人は、確かに愛しあったのだ。

そして、きっと、何もかも捨てても構わないとそのときは思ったのだ。私にはそんなとんでもない障害のある恋愛の経験はなかったけれど、どうなってもいい、という思いのかけらぐらいは、判った。理解できた。

当人たちにしか判りえないものがある。私はついて行ってはみたものの何もできなかったし言えなかった。だから、二人の会話と態度をしっかり記憶して、何か問題が起きたときには私なりの意見や見解を伝えようと思っていたのだ。

結局は藍子さんの強い意志に槙野さんは押し切られた。

でも、そこには、どうやら平穏な生活に戻れるらしいという男の狡《ずる》い考えはなかったと、感じた。槙野さんは、一度は本気で家族を捨てようと藍子さんを抱いたのだ。その思いは、ひしひしと感じ取ることができた。

それから三日後。

「電話よ。渋そうな男から」

そう言った母から受話器を受けとって、さてどこの渋い男が電話してきたのかと出てみたら。

「槙野です」

「えっ」

たぶん、五秒ぐらい口を開けっ放しにしてしまった。なんでなんで槙野教授が私に？　そりゃあ確かに何かあったときには電話をどうぞって連絡先は置いてきた。藍子さんが二度と連絡をしないし、連絡もしないでほしいって言ったから、そりゃあまずいって思ったんだ。そこで糸が切れちゃうよりは、ある種の保険として私を介してでも繋がっていた方がいいかなって。

でもまさか本当に電話が来るとは。

「お会いして、お願いしたいことがあるのですが」

＊

「な」

眼が点になってしまった。

今度は絶対にお互いの知り合いは来ないだろうっていう離れた駅で待ち合わせて、そこに現れた槙野さんの運転する車に乗り込んで、さらに遠く離れた海岸沿いまで走って、人気《ひとけ》もまばらな駐車場で話した。そこまでする必要があるって言うからなんだけど、確かにそうだった。

「私が、槙野教授と？」

槙野さんは、本当に辛そうな顔をして、申し訳ないと謝りながら頷いた。

話はこう。

私と藍子さんが教授室に会いに行った翌日。それとはまったく関係なしに、大学の偉い人に呼び出された。そこで告げられたのは。

〈君が学生と深い仲になっているという匿名の手紙があった〉

手紙も見せられたし、なんと写真も入っていたそう。いったいどこのどいつがそんなさもしいことをするんだろうって思ったけど、世の中にはそういう人がいるのも事実。

「じゃ、バレてしまったんですか」

「いや」

槙野さんは、深く息を吐いてから言った。

「写真は、慌てて撮ったのか、男が私だとは判別できるが、女性の方は顔も判らないような写真だった。だが、確かに、二人が旅館から出てくるところが写っていた」

顔は判らないけど、服装や雰囲気から明らかに若い、大学生ぐらいの女性と判断できる写真で、自分の妻だとはごまかせなかった。

学生を預かる身としては甚だ軽率な事件。とはいえ、ただの浮気ならそれはあくまでもプライベートなことだ。大学としては今後このようなことがないように気をつけてもらいたいという注意だけで済ませる。だけど、在学生ならば話は別。

そう言われたそうだ。もっともだと思う。

「退職は免れないだろう」

そして、噂は流れる。槙野さんの家庭はもちろん、妊娠してしまった藍子さんに好奇の目が向けられるかも知れない。

「この女性は誰だねと問われて、私は、判断を誤った答えを言ったかもしれない」

ハンドルに凭れて、槙野さんはうな垂れた。

ひょっとして、ひょっとして。

「その女性は、私だと言ったんですね!?」

まったくの偶然だけど、私は藍子さんと同じような髪形だ。身長こそ私の方が低いけど体形だってそんなに極端には違わない。小さく頷いて、槙野さんは口に手を当てて、それからがくりと肩を落とした。

「卑怯者《ひきょうもの》とか、狡猾な男とか、どう罵られても構わない。一瞬の判断だった。彼女を守りたかった。そして、彼女が守ろうとした私の家庭をも、守りたかった。都合のいい言い訳と取られても仕方ないが、そう判断したんだ。誤魔化《ごまか》そうとしたんだ。その女性は、確かに年齢は若いですが本学の学生ではありません。社会人の友人ですと」

「そうしたら、それを証明しろと。証明さえ出来ればこの件は不問に付すということなんですね？」

槙野さんは、力なく微笑んだ。

「君は、頭の回転が速いのだね」

自分でもそう思ってた。そして、不思議と腹は立たなかった。この人のしていることは、自己保身ではない。あくまでも藍子さんを守ろうとしたんだ。それはつまり自分の立場を守ることにも繋がるけど、そうしたかった藍子さんの気持ちを守ろうとしたんだ。

じゃあ、藍子さんを。

私も藍子さんのその気持ちを、守らなきゃ。

「いいです」

「え？」

「行きましょう。このまま大学まで」

槙野さんの唇が真一文字に結ばれた。

「いいんです。どうせ私はふらふらしている身です。有名大学の教授といい仲になったって噂を親が知ってもむしろ喜ぶぐらいです」

＊

今の今まで、誰にも言わずに来た小さな秘密。

もちろん、槙野さんは文字通り墓場まで持って行ってしまった。藍子さんに亡くなったことを知らされてからこっそりお墓参りにも行ってきた。

お疲れさまでしたって手を合わせてきた。

「それ、お母さんは？」

花陽ちゃんが訊くので首を横に振った。

「知らないの」

「知らないって」

びっくりしながら花陽ちゃんは言った。

「いいの？　そんなこと」

「いいのよ」

大学まで行って、偉い人に会ってきた。

私がその写真に写っている女です。千葉真奈美でございます。只今《ただいま》花嫁修業中の二十一歳です。槙野さんと深い仲にはなりましたが、離婚などを迫る気は毛頭ございません。学校にも迷惑は掛けません。このまま単なる遊びでこれっきりで終わるつもりです。でももし、このことがどこかに知れたらそれはあなた方が漏らしたということになります。そのときは、覚悟してくださいね。

そう啖呵《たんか》を切ってきちゃった。今考えるとかなり恥ずかしいけど、まぁ若気の至りってことで済ませてもらって。

「藍子さんもね」

「うん」

「花陽ちゃんに、お父さんが誰かってことをずっと秘密にしてきたんだからさ、花陽ちゃんもこのことを秘密にしちゃっていいよ」

「ええっ？」

少し驚きながら、花陽ちゃんは嬉しそうに笑った。

「お嫁に行くときにさ、実はこんなことあったのよって驚かせちゃえ。お母さんも大じいちゃんもみんな」

手を合わせて、椅子の上でちょっと跳ねて花陽ちゃんは喜んだ。

「いいかも」

「ねぇ」

「でも、大じいちゃん、わたしが結婚するまで長生きしてくれるかなぁ」

「するわよ」

勘一おじいちゃんって、なんだかいつまでもあの帳場に座ってるような気がする。

「花陽ちゃんの結婚かぁ」

この子は、花陽ちゃんは、この先の人生でどんな恋愛をするんだろう。

平凡とはちょっとだけ言い難い家庭環境で生まれて、でも、本当にたくさんの愛情に囲まれて育てられて。

いい恋愛をしてほしいな。お母さんを、藍子さんを嬉し涙で溺れさせるような結婚をしてほしいな。

でも、そのときは、堀田家のみんな大騒ぎするんだろうなぁ。

包丁いっぽん相《あい》身《み》互《たが》い

甲《こう》　幸光《ゆきみつ》

　板前の修業は一本立ちしてから初めて始まる、というのは、私を育ててくれた兄さんの言葉だ。むろん、兄さんも師匠からその言葉を受け継いだ。

　こうして任された店の調理場に立ち、一人で何もかもを作り上げているときにひしひしとそれを感じる。自分の味が、技が、完成品だと思ってはいけない。お客にお出しした料理は確かに完成された品なのだが、それがベストなどと思ってはいけない。

　そういう意味では、板前は、料理人は嘘《うそ》吐《つ》きなのかもしれない。

　お客にお出しした品が実はまだ未完成だという意識がどこかにある。その素材でその料理法でもっと旨い料理になる可能性はないのだろうか、と。あるいは、自分の腕がもっと上がればさらに、と。

　少しばかり後ろめたい気持ちもあるが、そうでなければならないのだろう。

　からからと音がして格子のガラス戸が開いて、真奈美さんが帰ってきた。

「お帰りなさい」

「ただいま」

化粧っ気のない顔に笑みが浮かぶ。この女性の笑顔は、実に客商売向きだと初めて会ったときから感心し、今も見る度に思う。飾りのない、人の心をほんのりと温かくさせる笑顔なのだ。愛嬌《あいきょう》のある顔立ちと相まって、本気で顰め面をしたとしてもその根の良さが消えることがない。

「ほら、これいいでしょう」

買い物袋の中から真奈美さんが取り出したのは、まるで箱根《はこね》の寄せ木細工のような飾りのついた箱。

「あぁ、いいですね。きれいな箱です」

「アンティークなのよ。先日見かけてずっといいなって思っていたの」

昨夜、箸箱のひとつをお客さんが床に落として壊れてしまったので、代わりの品を探しに行っていた。

「なるほど、箸を入れるのにもちょうどいい大きさですね」

嬉しそうに真奈美さんが頷き、その箱をカウンターに置いた。

「洗剤で洗って大丈夫よね?」

手に取って確かめてみた。

「いや、布拭きした方が良さそうですね」

所々に塗料の剝《は》げがある。そこから水が染みて腐食しても拙《まず》い。

「あ、私が烏賊捌《いかさば》くわね」

「お願いします」

午後三時。二人きりの仕込みの時間。

下町の、小さな小さな店だ。そう言っては申し訳ないが、大した売りもなければ立地がいいわけでもない。それでもこうして長い間この町の人に慕われて続いてきたのは、真奈美さんの笑顔故かもしれない。

店は、味だけではない。人で作られていくものだとつくづく思う。

小料理居酒屋とはいえ、酒場であることには違いない。酒を飲み飲まれて前後不覚になる人も居る。それで本当に料理を味わえるのかと思うくらい端《はな》から無茶な飲み方をする客も居る。出された料理に箸もつけない人も居る。だがそれは、ほとんどが一見《いちげん》さんか、何かそうせざるを得ない理由があった場合だ。

ほとんどのお客さんがこの店では料理に舌鼓を打ち、その合間に、旨い物と合う酒を嗜《たしな》み、気持ちよく家路につく。早い時間にお子さん連れでご飯を食べて、晩酌代わりに一杯だけ引っ掛けて帰る人も居る。

誰もがこの店に漂う柔らかな温かさを愛し、長く続いてくれることを心の底から願っているのだろうと思える。

そういう思いは、前の店ではわからなかったことだろう。板場で料理だけを作り、口幅ったいが、金持ちの客だけを、あるいはそれに群がる人たちだけを相手にしていては見えなかっただろう。

むろん、そういう店が悪いというわけではない。世の中にはいろんな人種が居る。私たち料理人がするべきことは、ただお客さんに喜んでもらえる、旨い料理をお出しすることだけだ。

ただ、それだけだ。

私は、この店に、〈はる〉に拾われるようにやってきて、心底良かったと思っている。もう二度と包丁を握るまいとまで思ったが、諭され、京都から東京に出てきてこの店の料理を全て任された。どうなることかと思ったが、来て良かったという思いが日一日と強くなり、それが消えることがない。幸せなことだ。私は運が良い。

運の良さに感謝して、毎日を精進しなければなるまい。この若きおかみの、真奈美さんを助けて。

「お母さんの様子はどうでした」

真奈美さんが手をひらひらと振って苦笑する。

「相変わらずよ。足が痛い痛いってぶつぶつ文句言いながら、おせんべい食べながらテレビ観てるわ」

　私も笑みを返す。長い間旦那さんと二人でこの〈はる〉を続けてきた真奈美さんのお母さんは、関節炎がひどくなり立ちっ放しの商売が続けられなくなった。旦那さんは既に亡く、娘である真奈美さんが一人で店を切り盛りしてきたのだが、かえってその方が店が繁盛すると、今は楽隠居を決め込んでいる。

　私が来たことでさらに安心したらしく、今はほとんど店にやってこない。真奈美さんの話では、好き勝手にやっているせいか以前より元気だという。

「ねぇコウさん」

　烏賊の皮を剝く手を止めて、思いだしたように真奈美さんが言った。

「カキのコロッケって、わかる？」

「牡蠣《かき》コロッケですか」

　個人的には牡蠣は生で食べるのが好きだが、温めることによって旨味が変化して際立つ部分もある。牡蠣フライの方がシンプルではあるが、もちろんコロッケの種に使えばそれはまた違う旨さや楽しさもあるだろう。

「コロッケにするのでしたら、少し小振りの牡蠣がいいでしょうね」

「あ、ちがうちがう。牡蠣じゃなくて、柿」

　柿？

「果物の柿ですか？」

「そう」

「コロッケの材料に柿を使うのですか？」

「聞いたこと、ないわよね」

コロッケ自体は、ごく普通の一般的な家庭料理だ。揚物なのだから、その中に何を入れようとコロッケとしては成立するだろうが。

「見たことも、食べたこともないですね」

「そうよねぇ」

真奈美さんが苦笑した。

「どうやって作るかもわかんないわよね」

思わず考え込んでしまった。柿はすり下ろすわけにもいかない。ベースにできないだろうから、潰してつなぎに何かを入れるか。いや、ごく普通にじゃがいもをベースにして、そこに適度な大きさの柿を入れるか。食感としては特に悪くはないだろう。そもそもじゃがいもはどんな素材とも相性は悪くない。柿の甘味も意外と何にでも合う甘味のはずだ。

しかし、コロッケにあえて入れて、旨いものが出来上がるだろうか。

「新しいメニューにでも？」

ここに来て八ヶ月ほどになるが、真奈美さんの感性に驚くことがある。若い、といっても本人はもう三十半ばと自嘲するのだが、私にしてみれば思いもよらなかった料理を提案されることがある。

たとえば、今ではここの定番になってしまったチーズ味噌《みそ》仕立て和風ドリアだ。これはチーズと味噌が合うというところから真奈美さんがまかないに作ったのを私がアレンジした。八丁味噌を絡めた和風のパエリアにチーズとベシャメルソースが載っている。好き嫌いはあるだろうが、これが癖になる。

「そういうわけじゃないんだけどね」

真奈美さんがほんの少し唇を歪《ゆが》めた。珍しい物言いだ。彼女は江戸っ子気質というか、竹を割ったようにすこんとしている女性だ。

私はほんの少し首を捻り、牛蒡《ごぼう》の笹《ささ》掻《が》きの手を止めた。同時に真奈美さんが苦笑した。

「ごめんなさい。まったく私的なことなんだけど」

「どうぞ。ご遠慮なく」

この店に雇われ、そしてここの常連の皆さんの温かな情に触れて、私は以前より優しくなっていると自分でも思う。

真奈美さんは小さく頷き、続けた。

「ほら、二ヶ月ほど前に、私お葬式に行ってきたでしょう。松谷《まつたに》さやかさんという人の」

「あぁ、はい」

高校時代の同級生が病で亡くなられたと聞いた。まだ三十半ばで、しかも愛する夫と小さな子供を残して。その遣《や》り切れなさに私も心を痛め、死んだ娘を思いだしていた。

「先日、東京駅のところで、その旦那さんに偶然会ったの。子供を連れて水族館に行くって言ってたわ」

牛蒡を片付けて小さな丸椅子に座った。片手間に聞く話ではないように感じたからだ。

「その子、順平《じゅんぺい》くんというのだけど、小学校二年生なのよ」

「可愛い頃ですね。まだ素直で」

そうなの、と真奈美さんの顔がほころんだ。

「恥ずかしがり屋さんの、可愛い男の子で。それでね、旦那さんと立ち話していたら、そういえばって訊いてきたの。『柿のコロッケを知ってますか』って」

なんでも、奥さんが存命中に、順平くんに作ってあげていたそうだ。ご主人は食べたことも聞いたこともなかったという。

「何故、柿なのでしょうね」

「さやかのお母さんの実家が、柿を作っているの。だから季節になるとよく送ってきたのだけど、順平くんがどうも柿が苦手だったみたいで」

「あぁ」

なるほど。柿は毎日の食事に欠かせないわけではなく、おやつみたいなものだ。嫌いだというなら、強いて子供に食べさせなくてもよい。だが、おじいちゃんおばあちゃんが孫のために送ってくれるものを食べられないというのは、それは可哀相《かわいそう》だ。

「おじいちゃんおばあちゃんのために、なんとか食べてもらおうとしていたのですね」

「そうなんだと思う。お昼ご飯というか、おやつ代わりの感覚もあったのかな。順平くんはコロッケが大好きなんだって」

真奈美さんは優しく微笑んだ。子供好きなのだ。彼女は常連の堀田さんの、花陽ちゃんや研人くんのことを本当によく可愛がっている。あの子たちも、ごく親しい身内のように彼女のことを慕っている。

「順平くん、その柿のコロッケが気に入っていたようなんだけど、お母さんが亡くなって食べられなくなって」

「なるほど」

そこまで聞けば、わかる。

「母親を失った子供のために、なんとかその料理を作ってみようと、その、松谷さんは挑戦はしたものの、全然ものにならなかったというわけですね」

「そう。私がこういうことやってるし、さやかからレシピとか聞いていなかったかって」

「真奈美さんは聞いていないのですね」

「うん」

「当然、松谷さんは料理を職業にしているわけでも、得意でもない、ということですね」

職業は建築設計の仕事をしていたはずだと、真奈美さんは言った。

「実家に帰って、順平くんのために一緒に過ごす時間を作っているんですって。料理も自分の母親任せではなく、挑戦しているって」

良き父親なのだろう。

ふと、自分の境遇と重ね合わせる。私は妻《めと》を娶り、娘も生まれ、仕事も順調で何の不満もない人生を送っていた。

それが、病で妻を失い、一人娘を守って必死で生きてきた。大人になった娘の幸せな姿をこの眼でみて、やれやれこれで一安心というところまで生きてきた。娘が、自殺するまでは、生きてきたという実感があった。生活に芯があった。失われた芯はもう二度と戻ってこないという思いがあったが、今はこうして再び調理場に立っている。

それは、周囲の他人の優しき心によって与えられたものだ。与えられて手に入れたものならば、返すこともできる。

「お忙しいのでしょうかね」

「え？」

真奈美さんは私を見た。

「その、松谷さん、休みの日の夕方にここに来て、一緒に柿のコロッケ作りに挑戦してみるということはできないのでしょうか」

笑みが浮かんだ。

「いいかな、そういうことお願いしちゃって」

「いいですよ。私自身も勉強になります」

彼女は、それを望んでいたのだろう。

＊

私は女心とかそういうものがわからない。一人娘を男やもめで育てたものの、娘が何を考えているかなど、最後までわからなかったような気がする。そのせいで、娘は自殺してしまったのではないかと考えている。

だから、真奈美さんが何故この年まで独身なのかもわからない。たとえば堀田家の亜美さんのように眼を瞠る美人ではない。藍子さんのように不思議な魅力の持ち主でもない。

それでも真奈美さんにはあの笑顔がある。それだけでも十二分に魅力的な女性なのだ。気立ても良いし料理も巧い。

この八ヶ月間、一日の大半を彼女と過ごしてきた。人間、それだけ長い間一緒に過ごしていると、ちょっとしたことに気づく。たとえば私は食事のときに左手を下ろしてしまう癖がある。妻は気に障るから直してくれと言っていた。そういうものが積み重なっていくものだ。ささいな喧嘩の原因になったりもする。いくら気立ての良い娘さんでも、どこかしら合わないところが出てくるはずだ。だが私は真奈美さんにそういうものを感じたことがない。

だから不思議だったのだ。

何故、今まで独身なのか、彼氏を作ろうとしないのか。その理由に、ひょっとしたら行き当たったのではないかと私は考えていた。

亡くなったさやかさんとは親しかったと聞いた。小学校二年生の息子さんがいるということは、少なくとも結婚したのは九年ほど前だろう。真奈美さんが二十代半ばの頃だ。そして旦那さんの松谷さんは、さやかさんとの共通の友人だったと、三人で仲良く若い日々を過ごしていたと確か聞いた。

ひょっとしたら、真奈美さんはその松谷さんが好きだったのではないか。そうでなければ、力を貸してほしいと私に頼む理由がないような気がした。

果たして、失恋した相手を、親しい友人と結婚した男を九年も思っていられるものかどうか、わからない。それで新しい恋を探さないというのも、未練がましいと思う。だが、真奈美さんにはそういう一途《いちず》なところがあるとも感じていた。だからひょっとしたら良い機会なのではないかと考えたのだ。

松谷さんにしてみれば、奥さんを失ってまだ二ヶ月。再婚など微塵《みじん》も考えてはいないだろうが、亡くなられた奥さんの友人であれば、心許す部分もあるのではないか。

もし、私の考えが正しいのであれば、二人の距離が近づいていくお手伝いができればいいのではないかと思った。

＊

「本当に、ご面倒お掛けすることになって申し訳ありません」

「いや、とんでもない」

松谷さんは、柔らかな笑顔の持ち主だった。お世辞にもハンサムとは言えないが、人を安心させる何かを持っていらっしゃった。真奈美さんとも通じるところがある。

土曜日の午後二時。

真奈美さんは生憎と、以前から約束していた友人との予定が重なってしまい、開店まで帰ってこられない。思惑が外れてしまったが、実際にはその方が気楽でいいだろうか。

「お子さんの眼の前で作らなくて、本当にいいんですか？」

てっきり順平くんという息子さんを連れてきて、眼の前で味見してもらいながら、お母さんの作った柿のコロッケがどういうものか探ろうと思っていたのだが、彼は一人でやってきた。

「すみません。それもご面倒になると思ったのですが」

松谷さんは頭を掻きながら言う。

「びっくりさせてやりたいと考えちゃって」

苦笑いした。

「なるほど」

気持ちはわかる。自分の手で作り、息子の喜ぶ顔を見たいのだろう。

「であれば、何種類か考えた方がいいですね」

一種類だけ出来上がっても、それが奥さんの作った柿のコロッケと同じ味かどうかはわからない。

「まずは、ごく普通にじゃがいもの中に柿を小さく刻んで入れたものですが、これは作ってみたのですよね？」

「そうですね、やってみました」

誰もが考えるだろう。だが、順平くんは味が違うし、美味しくないと言ったらしい。

「形は、小判形ですか、俵形ですか」

小判形だったそうです」

小判形か。柿を少し大きく刻んで俵形にとも考えたが、それは駄目か。

「では、少し硬めの柿を薄くスライスしてやってみましょう」

「スライスですか」

それは気づかなかった、と松谷さんは手を打った。我々にしてみれば当たり前の思考だが、料理に慣れない方は思いつかないか。

私が見本を見せながら、隣で松谷さんも真似をする。

「息子さんは、中に何が入っていたかはわからないのですよね」

「そうなんですよ」

松谷さんは苦笑した。

「どんな色してたかとか、他に何を使っていたのかも全然覚えていなくて」

子供は、特に男の子はそんなものなのかもしれない。

「では、じゃがいもベースではなく、薩摩芋《さつまいも》や南瓜《かぼちゃ》でも試してみましょう。その方が甘味も増しておやつの感覚に近いと思います」

「なるほど」

薩摩芋ならば、それこそスイートポテトに近くなる。そこに柿の甘味と食感が加われば、子供なら喜ぶはずだ。

「それから、米でもやってみましょう」

「お米ですか」

珍しいものではない。ライスコロッケだってメニューとしてはよくあるものだ。なるほどなるほど、ときちんとメモを取り、ひとつひとつに頷きながら松谷さんは真剣な顔で聞いている。誠実そうなお人だ。

「もうひとつ、冒険ですが柿のパイを作ってみようかと思います」

「柿の、パイ？」

不思議そうな顔をする。私ももちろん作ったことはない。

「アップルパイがありますよね。あれを柿にしたと思えば」

「あぁ」

そうかと頷く。

「いやでも、いくらなんでもパイとコロッケは間違わないですよね、子供でも」

「そうですね。ですから、甘く煮た柿をパイ生地で包み、それをさらにコロッケにしてみようかと。もちろん、甘く煮た柿だけでもやってみましょう。ひょっとしたらそれがいちばんシンプルで正解かもしれません」

お母さんの発想なのだ。柿はあれで意外と独特の風味があるからそれが嫌だと感じるならば、まずはその風味を消しておやつ感覚にすることを考えるのではないか。

「グラニュー糖とほんの少しのラム酒、それにバターで本当に甘く柿を煮るのです。それを何枚か重ね合わせ小麦粉をつけてある程度固めていけば」

パン粉をつけて揚げることもできる。本当におやつのような、デザートコロッケとでもいうべきものかもしれない。

どんどん作って、作った端から二人で試食していく。むくつけき中年男が小料理居酒屋の厨房《ちゆうぼう》に並んでコロッケを食べているという図はどうだろう。真奈美さんがいたら笑っていたかもしれない。

一通り作り、試食をした。どれが正解かはわからないが、この中に近いものがあるはずだという確信はある。

柿に対する私の認識も少し改まった。やはり頭が固くなっているのだろう。いい経験になったと自分でも満足している。

「後は、息子さんが少し違うと言えば、そこから何か二人で工夫しながら作ってみるというのはどうでしょうね」

「そうですね。それがいいかもしれません」

親子のいいコミュニケーションにもなる。それで順平くんが料理に興味を持ってくれれば、料理人としても嬉しい。

煙草飲みの松谷さんのために、そこで休憩を取ることにした。この後、一人で全種類作ってもらっておさらいして終わりにする。

松谷さんは恐縮しながら煙草に火を点け、紫煙をくゆらす。

年齢は一回りほども離れている。しかし、松谷さんとは、妻を亡くしたという同じものを抱えていた。

「慣れましたか。奥さんのいないことに」

素直に訊いてみた。素直に訊ける心境であろうと、感じ取れたからだ。松谷さんは、静かに微笑み頷いた。

「慣れたというより、なんでしょうかね。いない日々が続くことにようやく納得したような感じです」

そう、納得するのだ。もう妻が隣に帰ってこないことを。どこかへ出かけているのではないことを。私もそうだった。

「少しずつでいいのでしょうが、新しい日々を考え始めてもいいのだと思いますよ」

そう言うと、私を見て、微笑んだ。私の場合、娘はもう高校生になっていた。

「私には子供のための再婚など考える必要もありませんでしたが、順平くんはまだ八歳ですよね」

母親のぬくもりが恋しくないはずがない。そして、男の子には母親という存在は必要不可欠だと思う。現実問題として、奥さんを亡くし一年も経たずに再婚というのは世間的にもどうかというのはあるが、この場合、決して悪いことではない。ましてや新しい母親ならば、子供が小さいうちの方がいい。

匂わせるように、訊いてみた。

「真奈美さんとは、久しぶりだったのですね」

「ええ」

妻の葬式以来でしたと答える。

「以前は、三人でよく会っていたとか」

「そうなんです」

バイト先で知り合った仲間なんですと続けた。なるほど、そういう繋がりだったのか。そう思って、私はひょっとしたら不躾《ぶしつけ》な眼で彼を見つめたのかもしれない。

「あ、いやあれですよ。昔三人で親しくしたといっても、三角関係とか、マンガみたいな関係なんかではないですよ」

「いやそんな」

失敗した。そんな風に感じさせてしまったのか。まったく私という男は。

煙草をくゆらし、松谷さんは恥ずかしそうに笑った。

「実は、当時真奈美さんにフラれたのですよ」

「えっ」

予想外の言葉に驚いてしまって、その私の驚きに松谷さんのほうも驚いて私を見つめた。

「あ、いや、申し訳ない」

訝しげに私を見つめている。これは、説明せねばおかしく思われるだろう。

「実は」

恥ずかしながら、と説明した。

真奈美さんが珍しくためらいがちに私に柿コロッケの件を話してきたこと。いつもなら素直に頼むのに、遠回しにしていたこと。それで、ひょっとしたら、松谷さんが真奈美さんの思い人ではなかったのかと考えたこと。

松谷さんは、大きく苦笑いした。

「そうだったんですか。いやぁそれはもうすごい勘違いです」

当時、ただ気に入って軽い気持ちで付き合ってほしいと言ったそうだ。それをあっさりと真奈美さんは断った。申し訳ないけど自分は駄目だと。真奈美さんにそう言われてしばらくしてから、亡くなられた奥さんと付き合いだした。真奈美さんはそれを自分のことのように喜んでくれたという。

「さやかはいい子だから、絶対に大事にしてほしいと言われました。私は、約束しました。一生大事にすると」

「そうでしたか」

松谷さんは、にこりと笑った。

「真奈美さんと私はただの友人です。それは昔も今も変わりません」

そう言ってから、ほんの少し逡巡《しゅんじゅん》するような表情になり、首を傾げた。

「どうかしましたか」

「いや」

ためらい、手を口に当てる。

「コウさん」

「はい」

「いや、どうしようかな」

また、ためらう。なんだろう。松谷さんは意を決したように、少し前のめりになった。

「これは、内緒にしてほしいんですが」

眼が真剣だった。

「あなたが私と真奈美さんの関係を誤解して、そして驚いたように、私と亡くなった妻も驚いていたんです」

「何を、ですか」

何を驚いたというのだ。

「真奈美さんが、あなたを雇ったことを」

「え?」

松谷さんは唇を少し湿らせた。

「あなたとこうして会って、お話しして、私はその疑問が解消したような気がするのです」

ますますわからない。彼は何を言おうとしているのだ。

「真奈美さんは、私たちが親しく友人として付き合っている頃に、ある、手酷《てひど》い失恋をしました。それはもう、彼女の心がずたずたになるようなものでした。妻は彼女の部屋に泊まり込んで自殺を、バカなことをしないように何日も見張っていたぐらいです」

驚いた。心底驚いた。

「あの真奈美さんがそんなことに」

深く、松谷さんは頷いた。

「先ほどフラれたと言いましたが、すみませんあれは嘘です。話のネタにと適当に誤魔化してしまいました。実はそういうことがあって、私は彼女に立ち直ってほしいと、半ば同情の部分もあり、俺と付き合わないかと言ったのですが、それを彼女は拒絶したのです。自分はもう大丈夫だと。そして」

言葉を切った。

「そして？」

「二度と、一生、恋をしない。男の人と付き合うことはない。自分は一人で生きていくと言ったのですよ。この店を本格的に手伝いだしたのもそのときからです。そして、自分の隣には決して男性を置きたくない。人を雇うことがあってもその場合は女性しか採らないとはっきり言っていたのです」

少し口を開けてしまった。そんなことを、真奈美さんは言っていたのか。

「事実、彼女はそれから誰とも付き合おうとしませんでした。この店にも何人か手伝いの人は入りましたが、女性ばかりです」

「そんなことが」

「妻はそんな頑《かたく》なになってしまった真奈美さんを何とかしようと、何年もの間、友人の男性を連れてきたり、あの手この手で心を開かせようとしましたが、すべてムダでした。真奈美さんの決意は固く、心の傷は深かったようです。それが」

私が、雇われたのか。

真奈美さんの傍らに立っているのか。

「失礼ですが」

松谷さんが少し眉を顰めた。

「事情があって、真奈美さんが断り切れずに雇ったとかいうことじゃないんですよね？」

即座に頷いた。そんなことはない。

「堀田さんという、ここのご近所の常連さんをご存知ですか？〈東京バンドワゴン〉という古本屋をやってらっしゃるお宅ですが」

「あぁ、もちろん知ってます」

「そちらの我南人さんが、私を連れてきてくれたのです。私は客として来たつもりだったのですが、酒を飲んでいると、我南人さんがいきなり言ったのですよ。真奈美さんに」

「なんてですか？」

＊

「真奈美ちゃぁん、僕のぉ LOVE を信じてくれるかなぁあ」

「はい？」

「この人ぉ、腕の良い板前さんなんだぁあ。ここで雇うといいよぉ。きっとぉ今まで以上にぃLOVEが溢れるお店になるねぇえ」

「え？」

「うん、とぉ、言ってくれるよねぇえ」

「えーと、あ、うん」

＊

「それで雇ったんですか彼女は」

「そうなのです」

確かに強引といえば強引。いい加減といえばいい加減だが、堀田家と真奈美さんの関係なら我南人さんに言われたとしても「何言ってるんですか、無理ですよ。そんな余裕ないです」などと軽く断れるはずだった。それは、この八ヶ月間でよくわかった。

そのときは、考えた。

「きっと、ちょうどいい時期だったのだろうと思いました。そろそろ本格的な料理ができる人間を入れようとしていたのだろうと」

そう思ったのだが。

松谷さんは、うん、と頷き微笑んだ。

「きっと、あれです」

「あれ？」

「彼女が、柿のコロッケの話を切り出すときに迷ったのは、今、話したようなことで思いがいろいろあったからじゃないですかね」

少し、何を言わんとしているのかわからなくて首を捻ると、松谷さんは笑いながら立ち上がった。

「さて、じゃあ、やってみます。コロッケ作り。間違ってたら言ってくださいね」

*

「ごめんねぇコウさん、全部任せちゃって」

そう言いながら真奈美さんが入ってきた。

「もう帰ったの？　松谷さん」

「ええ、三十分ほど前に」

コロッケ作りに関してはもう教えることがないほどに上達して。そう言うと真奈美さんは満足そうに頷いた。

「順平くんが食べた柿コロッケに行き当たったかなぁ」

「さてどうでしょうか。後日、結果を電話してくれるそうです」

うん、と、頷き真奈美さんは微笑む。私も、自然に微笑みながら頷いた。

そうなのだ。彼女の笑顔は、自然と向かう相手を笑顔にさせるのだ。何故、彼女が私を雇ったのかなどどうでもいいと思えるほどに、活力を与えてくれる。

「なに？」

真奈美さんはほんの少し首を傾げて私を見た。無遠慮に見つめてしまったか。

「いえ。のれんを掛けましょうか」

「そうね」

今夜も、小料理居酒屋〈はる〉は店を開ける。

旨い料理と酒と、それぞれに豊かな時間を過ごしてもらうために。

忘れものはなんですか

堀田《ほった》サチ

梅雨明けの朝の空は、何もかもが洗い流されたように綺麗な青になっていました。夜明け前にほんの少し気温が低くなったようで、朝陽に暖められた空気にもじめっとした湿気は感じられません。開け放した縁側から流れ込んでくる風も、夏の匂いだけが心地よく感じられます。早くも暑い陽差しが、夏の開幕を告げているようです。

裏の右隣の田町《たまち》さんの庭にあります枇杷《びわ》の木が、今年も見事に鈴なりに実をつけました。それをよく知っているカラスたちが、朝から瓦屋根にカタカタと足音を立てています。

我が家の研人は長い棒を持って物干し台に上がり、それを追っ払う役目を毎年やって、田町さんにご褒美を貰ったりしているのですが、さて今年はどうでしょうかね。

あら、猫のポコが屋根の上に居ますね。腰を屈《かが》めて背中を丸め戦闘態勢です。何をしているのかと、ひょいと屋根に昇ってみましたがどうやらカラスを狙っているようです。いくらなんでもそれは無理だと思うのですが、何もできないこの身の上ですから放っておきましょうか。猫ですから落ちたって怪我などはしないでしょう。

やがてじりじりとアスファルトを焼き、立ち上り出す熱気は、昔の土の道を知っている身としては少し眉を顰めたくなります。お天道《てんと》さまは、それはそれは有難い天の恵みなのですが、少しばかり丁度良い加減にならないものかと思ってしまいます。ですが、それは贅沢《ぜいたく》というものでしょう。夏は暑くて当たり前。暑くなくては季節の恵みもなくなります。

車やビルの吐き出す熱気でさらに暑さを感じる表通りから、一本中通りに入ると、そこには涼やかな風が抜けていきます。同じようなアスファルトの道でも、小路や石の階段などそこここに生えた苔《こけ》が見た眼に涼しさを届け、たくさんの家々で育てる鉢植えに掛けられた水が、辺りに爽やかな空気を振《ふ》り撒《ま》きます。

簾《すだれ》に畳、打ち水に風鈴、木綿や麻の衣類、夕涼みに通し風。その気になればクーラーの助けを借りずとも、夏を楽しく涼しく過ごせる方法はいろいろあるものです。

そういう下町の一角にあります、築七十年を過ぎて今にもつぶれそうな日本家屋。そこで〈東京バンドワゴン〉という屋号の古本屋を営んでいるのが、我が堀田家です。おかしな名前ですが、かの坪内逍遥《つぼうちしょうよう》先生の命名だと先代からは聞いています。

今まで何度も我が家の瑣末事《さまつごと》を皆さんにお伝えしていますが、相も変わらず、皆元気でこの夏を過ごしています。

暑いといえば、猫は家の中の涼しいところをちゃあんと知っていると言いますね。我が家の四匹の猫は古家の中、何故かばらばらに散っています。

いちばん新参者のベンジャミンは、古本屋の帳場の片隅が好きなようですね。あそこは埃が溜まりやすくて困るのですよ。ポコは台所のテーブルの下、ノラと玉三郎は同じく台所の三和土《たたき》のところに寝そべっています。

我が家でいちばんの古株なのは玉三郎。ノラもほとんど同じ時期に住み着きましたが、実はこの二人、いえ二匹、数えて六代目になるのです。

私がこの家に初めて来たのは終戦の年なのですが、その時には既に二代目の玉三郎とノラが居たのです。あのときのノラは足の裏まで真っ黒の黒猫でしたね。玉三郎は三毛猫でした。それから今まで、我が家に貰われるか拾われた猫は代々〈玉三郎〉と〈ノラ〉を名乗ることになっているのです。もちろん最初から名づけられていた猫は別ですが。

いけません。猫の名前よりも自分の名前もまだお伝えしていませんでした。

お久しぶりの方も、すっかりお馴染みの方も大変失礼いたしました。

わたしは、堀田サチと申します。この〈東京バンドワゴン〉を営む堀田家に嫁いできて六十余年が過ぎ去りました。

こういうふうに、皆さまに我が堀田家の暮らしぶりをご紹介してはいますが、ご存知の方も多いと思います。わたしは数年前に、七十六歳でこの世に別れを告げました。どういうわけかはわかりませんが、今もこうしてこの家で、皆と一緒に過ごせることについては、本当にありがたいと思っています。孫や曾孫の成長をこの眼で見られるというのは、つくづく嬉しいですね。

その曾孫の花陽と研人が楽しそうにじゃれあいながら階段を降りてきました。ふざけながらだと危ないですよ。いとこ同士のこの二人ですが、生まれたときからずっと一緒ですから本当に姉弟みたいなもので、仲が良いのですよ。二人が喧嘩したことはほとんどありませんね。

やたらと人数の多い我が家ですから、朝の支度はいろいろと大変です。洗面台もお手洗いもひとつしかありませんから、使う順番を考えないと大騒ぎになってしまいます。それでも、長く一緒に暮らしていけば自然とうまくできあがるものですよ。

何よりも人数分のご飯を作るのが大変ですね。わたしや秋実さんがいなくなってからは、藍子と亜美さんが二人で八面六臂《はちめんろっぴ》の活躍でしたが、そこにすずみさんが加わり、花陽もお手伝いをするようになってからは随分楽になりました。紺も青も言えばきちんと手伝ってくれるのですが、さすがにその人数が台所にいては邪魔になるだけですね。

さて、いつものように、朝から賑やかな堀田家の朝食です。

今日はどうやらトーストですね。毎年時季になると藍子や亜美さん、すずみさんが苺《いちご》や林檎《りんご》やいちじくのジャムを手作りして、冷蔵庫に保存しています。卵はスクランブルエッグにして、いただいたハムを一人に二枚ずつ焼きました。サラダは昨夜作り置きしておいたポテトサラダに胡瓜《きゅうり》を切ってトマトも付けました。スープはこれもいただきものだという缶詰めのコーンスープ。それに昨夜の残り物のポテトコロッケを少し崩してその上にチーズを載せてグラタン風に焼いたものと、コーヒーと冷たい牛乳。

大正時代から使っているという立派な欅《けやき》の一枚板の座卓の上座には、ごま塩頭で立派な体格の勘一がでんと座ります。その向かい側には息子の我南人、ロックンローラーというものを職業にしているせいなのか、六十過ぎというのに相も変わらず長髪の金髪をゴムでくくっています。そして、店側に花陽と研人と青とすずみさん、縁側の方に紺と藍子、亜美さんが座ります。

皆揃ったところで「いただきます」ですが、トーストはいっぺんに四枚しか焼けませんから、順番待ちが何人かいます。やはり温かいうちに最初の一口を齧《かじ》りたいですからね。

「お？」

上座に座った勘一がトーストを手に持ったまま、何やらごそごそしています。

「おい、すずみちゃんよ」

「はーい」

「朝刊、どうしたよ」

台所にトーストを取りに行ったすずみさんが、あ！　と叫んでから、たたたっと居間に走り込んできました。

「それが旦那さん、朝刊、まだ来てなかったんです」

「なかった？」

あら、そうなんですか。勘一が、もう一度見てこようとするすずみさんを止めて、しょうがねぇなぁと腰を上げました。そうですよ、足腰のためにも新聞ぐらい自分で取ってきてください。

古本屋の入口から外に出て新聞受けを覗きましたが、やっぱり入っていませんね。勘一が仏頂面になりながら戻ってきました。

「なかったの？」

紺が訊きました。

「ねぇなぁ」

「忘れたのかしらね」

藍子です。

「電話しますね」

電話のすぐ近くにいた亜美さんが受話器を取って、新聞販売店に電話をしました。

「初めてじゃないか？　忘れるなんて」

青が言うと、すずみさんが頷きながら言いました。

「少なくともわたしは初めて」

「彼だよねぇえ、なんてったっけぇ。もう二年ぐらいずーっとやってるよねぇえこの辺の配達ぅ」

あら、我南人は普段家にいないくせにそんなことは知っているんですね。

「へーそんなにやってるんだ」

小学生のくせに新聞に入ってくるチラシを見ることが大好きな研人です。そういえば、以前に新聞配達をしようかなぁなんて言ってましたよね。

「高校生のときからよね。今、大学一年のはず。確か、土井彰太《どいしょうた》くんって言ってたかしら」

藍子ですが、名前も知っていたのですか。花陽に訊かれてそう答えます。

「ほら、駅の向こう側のお花屋さんあるでしょう。〈フラワーたんぽぽ〉」

皆がちょっと考えて、あぁ、と頷きました。ありますね。ちょっと遠いですから使ったことはないのですが。

「あそこの弘美《ひろみ》ちゃんの従姉弟《いとこ》なのよ。そこのすぐ近所に住んでいるの」

〈たんぽぽ〉の弘美ちゃんと言えば藍子の大学時代の同級生ですね。そんな繋がりがあったのですか。

「今まで忘れたことなんかなかったのに、珍しいね」

花陽の言葉に、勘一が、むぅ、と頷きました。

「そういやそうだよな。背は低いけど愛想の良い野郎だよな？　ドングリ眼《まなこ》の」

愛想に身長は関係ありませんが、勘一の言うようにとてもくりんとした眼をした愛嬌のある顔立ちの男の子ですよ。

「今日に限って忘れるってぇのは、なんかあったのか」

勘一が首を捻ると、紺も青もなんだろうね、と頷きます。亜美さんが電話を終えて受話器を置きました。

「販売店のご主人が今持っていかせますって。ご主人もびっくりして平謝りしてましたよ。そんなことは今まで一度もなかったのに申し訳ありませんって」

「おう。まぁいいってことよ」

どうせ勘一はお店の帳場に座って隅から隅まで読むんですから、少しぐらい遅くなったってどうってことはないですよね。

朝ご飯の終わる頃、古本屋の方の戸が開き、「おはようございます」という声が響きます。若い男の方の声ですね。ちょうど立ち上がっていた紺が出て行きました。

「はい」

「すみません！　黒岩販売店の者ですが！」

「あぁ」

新聞配達の方のようですね。彰太さんでしょうか。勘一も腰を上げて店に出ていきました。

「すみませんでした！」

朝刊を差し出しながら彰太さん、勢い良く頭を下げます。勘一が苦笑いして受け取りました。

「あの、これ朝刊の」

小さな封筒を差し出しました。きっと朝刊一部の代金が入っているのでしょうけど、そんなのはいいですよね。勘一はいやいやしまっておけ、と、そっと手で押し戻しました。

「まぁいいってことよ。販売店のおやっさんにもそう言っとけ。間違いは誰にでもあらぁな」

「本当に、なんかボンヤリしちゃって」

「彰太っていったか」

彰太さん、少し驚いて眼を丸くしました。改めて見ると本当にドングリ眼ですね。

「何で知ってるんですか」

「うちの藍子ってぇ孫がな、おめぇの従姉《いとこ》の同級生だってよ。花屋の〈たんぽぽ〉の弘美ちゃんとか言ってたぞ」

あぁ、と笑って頷きます。

「そうなんですか」

勘一が新聞を持ったまま、どっかと帳場に座りました。

「それにしても、感心だな。随分長《なげ》ぇこと新聞配達のバイトしてるじゃねぇか。今どきの大学生なのによ」

いえ、と彰太さんは恥ずかしそうに笑います。格好も髪形も本当に今風の若者ですよね。勘一はちょっと様子を眺めるようにしてから言いました。

「なんかあったのかい」

「え？」

「おめぇさん、今までただの一回だって新聞入れ忘れたことなんかなかっただろう。二年もやってりゃあもう眼を瞑《つむ》ってたって配り忘れるなんてことはないだろうに、今日に限ってどうしたい。いや怒ってるんじゃねぇよ？」

勘一が笑みを浮かべながら訊きましたが、彰太さん、どうしたのでしょうね。ちょっと笑顔が強《こわ》ばって、辺りを見回しました。

「いや、本当にただ、ボンヤリしちゃっただけで」

申し訳ありませんでした！　と頭を下げて、それじゃあ失礼します、と急ぎ足で出て行きました。勘一はちょいと首を捻って後ろにいた紺に言います。

「ただのボンヤリだってよ」

「うん」

紺が頷きました。それからぐるりと店内を見渡します。どうしましたかね。

「詮索するわけじゃないけど、ちょっと挙動不審だったね」

「おめぇもそう思ったか」

そうですね。彰太さん、何か眼が泳ぐといいますか、ほんの眼の動きだけですが、家の中を見回していましたよね。何かが気になるという風情でしたけど。

「元気の良い態度の割りにはよ、ちょいとばかり腰も引けてたなぁ」

「なんかうちで彼に悪いことでもしたかなぁ」

二人でさて、と首を捻りましたがそんな覚えはまったくないですよね。

「おい、藍子」

はーい、と声が響いて、台所で後片付けをしていた藍子が、エプロンで手を拭きながらやってきました。

「後でよ、カフェに置く花、買いに行くだろ」

「行きますよ」

カフェには毎日小さなお花を飾りますからね。すぐご近所の〈妻元花店《つまもと》〉に行ってます。

「今日はちょいと足を延ばしてよ、その弘美ちゃんのいる花屋に行ってこいや」

「〈たんぽぽ〉さんに？」

「花買ってくるついでによ、彰太って野郎のことを少し聞いてこいや。最近何か変わったことでもなかったかってよ」

＊

その日の晩ご飯の時間です。

今夜はマードックさんから、お友達が打ったというお蕎麦をたくさんいただきましたので、天麩羅《てんぷら》そばになったようです。

アスパラや春菊、牛蒡や人参などいろんな野菜を揚げて、大皿にどんどん盛っていきます。お蕎麦もどんどん茹《ゆ》でて、笊《ざる》の上にどんどん置いて皆で取って食べていくのが我が家のスタイルですね。

蕎麦つゆも、それぞれに好みがあります。勘一などはこれでもかというぐらいにワサビを溶かすのですよ。あれでは蕎麦つゆの味も蕎麦の風味も何もあったものじゃないと思うのですけどね。

花陽と研人は海苔《のり》が大好きなので、細切りにした海苔を蕎麦つゆにも蕎麦にもたっぷりかけて食べます。亜美さんとすずみさんは、七味を入れるのが好みのようですね。

皆が揃ったところで「いただきます」です。もちろん、お蕎麦を持ってきてくれたマードックさんも一緒に座卓に並んでいますし、今夜は我南人も家にいました。

「そういや、藍子。どうだったよ」

勘一がずずっ、と蕎麦をすすって飲み込んで言います。

「あ、〈たんぽぽ〉さんね」

藍子が同じように蕎麦を食べた後に頷きました。

「そんなに詮索するような訊き方はできなかったのだけど」

「おう」

「彰太くん、とても素直でいい子だそうよ。大学生の男の子に使う言葉じゃないだろうけど」

そんな感じがしますよね。

「学校へも楽しく行ってるみたいだし、彼女もいるし、家庭に何か問題があるわけでもないし。弘美ちゃんも特に思い当たるようなことはないって」

「そうかよ」

「新聞配達を続けているってのは?」

青です。

「普通、大学生ならコンビニとかさ、もっと時間的に融通の利くラクなバイトをやりそうなものじゃん。それをずっとやってるってのは」

「うん」

藍子が頷きました。

「それは、単純に好きだからみたい」

「好き？」

花陽が訊きました。

「朝の町を自転車で走り回るのが大好きなんですって。運動にもなるし、言ってみれば趣味みたいなもので」

「趣味でしかもお金も稼げてそんないいことはないって？」

青が苦笑しました。この子はどちらかといえば朝が苦手ですからね。勘一は成程、と天麩羅をしゃくりと齧りました。

「ってことは、まぁ本当にただのボンヤリだったたってことか」

そんなこともあるのでしょう。いつもの癖で、あれこれ詮索する必要はないのかもしれません。

「あ」

藍子です。

「なんだよ」

「ひとつだけ」

蕎麦を飲み込んでから藍子が言いました。

「最近、彰太さんのお祖母様が亡くなられたらしいの」

「ほう」

そりゃあご愁傷さまだったなと勘一が言います。なんでも彰太さん、大変なおばあちゃん子だったとか。

「でもね、死に目に会えなかったんですって。お祖母様の亡くなられたとき、どうやら心臓発作で急死だったらしいのだけど、彰太くん大学の友達と遊んでいて、しかも携帯の電源をうっかり切っていて連絡も取れなかったらしいの」

可哀相、とすずみさんが眉間に皺を寄せました。亜美さんもうんうん、と頷いています。

「悲しんだでしょうね、彰太さん」

「うん、弘美ちゃんの話では、それはもうすごい後悔していたみたいね」

「それはぁ、あれだねぇ。女と一緒だったたねぇ」

「あぁ、その可能性は高いね」

青も頷きました。続けて何か言おうとしましたがすずみさんに睨まれて口を噤《つぐ》みました。勘一が咳払いしていますよ。まぁ大人は皆同じことを考えたかもしれませんが、花陽と研人の前では言わない方がいいでしょうね。

「ま、そりゃ本人はきつかったかもね」

紺が言って皆が頷きます。大好きだったおばあちゃんの死に目に会えず、しかも自分が朝まで遊んで歩いて、他のこともしていたとなると、それはもうそうでしょうね。

「まぁそりゃあなぁ。確かに可哀相だけどなぁ」

「それで、しんぶん、くばりわすれるほど、まいにちかなしかったら、ほったさんのいえだけじゃなく、たくさんわすれますよね」

マードックさんの言葉に皆が頷きますが、一人だけ、紺だけが首を傾げていますね。何かを考えていますよ。勘一がそれに気づきました。

「なんでぇ、何かあったか」

「いや、何でもないよ」

ちょっと歯切れが悪いですけど、どうしたんでしょうね。何か思い当たることでもあったのでしょうか。

＊

それから三日ほど経った日曜日です。

この世にいない身の上ですから眠る必要もないのでしょうが、何故か皆が寝静まる深夜の記憶はわたしにもありません。ひょっとしたら自分で気づかないだけで、生前の習慣のまま夜は寝ているのかもしれませんね。

お天道さまが顔を出す頃、早起きの犬のアキとサチが伸びをする頃にはわたしも仏間に座っています。不思議なことに猫や犬たちはわたしがいることをしっかりと判っているようで、ちゃんとわたしにぶつからないように歩きますし、アキとサチなどはときたま匂いを嗅ぎに寄ってきますよ。匂いなんてしないと思いますけどね。

かたん、と小さな音がしたと思ったら、珍しく朝早くから研人が居間に顔を出しました。皆がまだ寝ている時間にですよ。こっそりと音を立てずに階段を降りてきてびっくりしました。

居間に入ってきて、辺りをきょろきょろと見回します。

「あ」

眼が合いました。わたしの姿が見えたのですね。我が家では唯一私の姿を見ることができる研人です。どうもわたしはびっくりしたり慌てたりすると研人に見られてしまうようなのです。

「大ばあちゃん」

はい、なんですかと頷きます。残念ながら、紺とは会話ができますが、研人とはできません。

「ついてきて」

ついてきて？　何なのでしょう。

研人はわたしを手招きしながら、裏の玄関をそっと開けて外へ出ていきます。言われるままにその後を追いました。

お天道様はすっかり上がっていて、朝の空気が爽やかでしょうね。これからどんどん気温が上がるのでしょうけど、この時間は本当に気持ちが良いです。

何処《どこ》に行くのかと研人の後をついていきましたら、我が家のすぐ近くにある公園にやってきました。入口のところで立ち止まります。

あら、向こう側のベンチに紺が座っています。これもまたいつの間に外に出たのでしょう。まるで気づきませんでした。

そして、隣に座っているのはあの新聞配達の彰太さんじゃありませんか。

「大ばあちゃん、そこにいるんでしょ？」

辺りをきょろきょろ見回して、小声で研人が言います。もうわたしの姿が見えなくなりましたかね。ほんの一瞬しか見られないということですから。

「僕がお父さんのところに行って、合図したら、ここでにっこり笑って手を振ってよ。

そして、お辞儀をして、ゆっくりどこかに消えていって。あ、消えられないのかな？　だったら歩いてどこかに行って。ちゃんとさようならって言ってね」

研人はそう言い残して、走って紺のところに向かっていきました。何のことやらさっぱり判りませんが、可愛い曾孫に真剣な顔でそう頼まれたのなら、そうするしかありません。

研人が紺のところにつきました。それと同時に、彰太さんと話し込んでいた紺が顔を上げました。

そして、彰太さんに何やら言うと、彰太さん、顔を上げてわたしのいる方を見ます。驚きました。

わたしと眼が合ったのです。

彰太さんも驚いた顔をして、それから、急に泣き出しそうな顔になりました。今にもそのドングリ眼から涙がこぼれ落ちそうです。

その後ろで、研人がわたしに向かって手を大きく振りました。まるであれです。テレビや映画の人がやる〈キュー〉みたいに。

わたしは、彰太さんに向かってゆっくり微笑んで、そして手を振りました。孫にさよならを言うときのように。それぐらいは演技でもなんでもないですよね。この年になると若い人は皆子供、子供は皆孫にも思えてきます。

彰太さんの眼から涙がこぼれ落ちました。わたしに向かって、何か言いました。「おばあちゃん」と呟いたような気がしました。

わたしはゆっくりとお辞儀をして、そうしてもう一度手を振り、後ろを向いてそのまま脇の小路へ入っていきましたが、これで良かったのでしょうかね。

*

夜になって、紺が仏間に入ってきました。

仏壇の前に座って、おりんをちりんと鳴らして手を合わせます。さて、話ができますかね。

「ばあちゃん」

「はい、今日もお疲れさま」

「今日の、わかった？」

「あれかい？　ひょっとして彰太さんのおばあちゃんというのはわたしによく似ていたのかい？　それで、彰太さんはあれなのかい。霊感とやらがあって、幽霊が見えるとかそういう類の子なのかね」

「そうなんだ。ひょっとしたらって思って従姉の弘美さんに写真見せてもらったけど、彰太くんのおばあちゃん、遠目には本当にばあちゃんによく似ていたよ。それでさ」

「うん」

「話を詳しく聞いたら、あの新聞を入れ忘れた日にさ、彰太くん我が家に来たところで屋根の上にいるばあちゃんを見たんだってさ」

「あぁ、ポコを追って屋根に上がったときだね。とんだところを見られてしまったね」

「びっくりしたってさ。てっきり、自分のおばあちゃんが、死んだ日に遊び歩いていた自分を恨んで出てきたんじゃないかって」

「それであれこれ考えてぼんやりしているうちに、うちに新聞を入れ忘れたってことなんだね」

「そうそう。あ、ばあちゃんが家に居ることは話してないからね。それで研人をまぁ霊感少年に仕立てて、彰太くんのおばあちゃんを連れてくるってことにしてさ」

「とんだお芝居になってしまったねぇ」

「ちゃんと研人を通して伝えといたよ。おばあちゃんは恨んでなんかいない。彰太くんにさよならを言いたくて出てきたんだ、成仏したって。喜んでたよ彰太くん」

「それなら良かったけどねぇ」

「まぁ今度屋根に上がるときには少し周りに気を配って、あれ？　終わりかな」

紺が微笑んで、おりんを鳴らして手を合わせます。

はい、お疲れさまでしたね。

そういうことであれば、その顚末《てんまつ》に気づくことができるのは確かに紺と研人だけですね。

まさか二人以外にわたしに気づいてしまう人がいるとは思いませんでした。でも、結果として人助けみたいなことになりましたかね。彰太さんはあれからも元気に我が家に新聞を届けてくれていますから、良かったのでしょうね。

もし彰太さんとお話しできたら言いたいですね。

どんなことがあろうとも、子供や孫を恨んであの世に行ってしまうような親や祖父母はいませんよって。

ご先祖様は、ちゃあんとわたしたちを静かに見守ってくれています。

生きている者は、去ってしまった人に心を残さず、毎日を元気に暮らして、ただただ未来へ向かって進んでいけばいいのです。

それが、見守っている者の最高の喜びでもあるのですから。

あの頃、たくさんの涙と笑いをお茶の間に届けてくれたテレビドラマへ。

解説

三島政幸

おかえりなさい、堀田家へ。そして「東京バンドワゴン」へ。

本書を手に取ってくださった皆さんには、ふと、そんなふうに呼びかけたくなります。

私は生まれも育ちも広島でして、東京には一度も住んだことはなく、東京は遊びや仕事で時々行く大都会、というイメージしかないところですが、なぜか「東京バンドワゴン」だけは、我が故郷《ふるさと》、あるいは我が家のように感じてしまうのです。そして、同じ思いの人もきっと多いと思います。いかにも古くささそうな古書店とカフェを併設した店ですが、ずっと生活してきた家への愛着は深いのです（よね?）。そんな私たちにとっては、このシリーズの新作を手に取って読むことこそが、そのまま「里帰り」になるのだと思います。年に一度、いや、単行本と文庫があるので年に二度、その二冊はほぼ同時期に出るので、いわば盆と正月が同時にやって来るレベルの「里帰り」になるのでしょう。このシリーズの新刊を読まなければ、私たちにお正月はやって来ないのです。きっと。
（注：この解説文を書き終えてから、「東京バンドワゴン」シリーズの既刊の文庫解説を読み返していたら、『オブ・ラ・ディ　オブ・ラ・ダ』の解説でさわや書店の田口さんも同じようなことを書かれていたので驚きました。受けた印象が田口さんとほぼ同じだったわけですが、皆さんも同じ気持ちではなかろうかと思うのですよ。決してパクリ解説ではないことをここにお断りしておきます）

「東京バンドワゴン」シリーズは、ストーリーの型がほぼ決まっています。今は亡きサチさんの仏壇からの語りでスタート、堀田家の朝食の喧騒《けんそう》の中での、みんなバラバラのようで全てが繋《つな》がっている会話（あの会話に一度でいいから混じってみたいものですなあ！）、そんなこんなで新しい一日が始まりますが、そこに飛び込んでくる不思議な事件や謎。堀田家と周辺の人を巻き込んで、時には大騒ぎもして、事件は無事解決。最後は紺が天国のサチさんと会話を交わしてまた次回。といった感じです。大枠のストーリーが固まっているので、読み進めていくうちに飽きてくるかと思いきや、まったく飽きることはありません。それどころか、この定型にずっと浸っていたいと感じさせてくれるのです。作品を追うごとに登場人物が増え、新たな関係性が次々と生まれていきますが、人物が増えてもこんがらがることもありません。それぞれのキャラクターが魅力あふれているので読者の心にいつまでも残り続けるのです。そして気が付けば、あなたも私も堀田家の一員のように感じてしまうのです。

『フロム・ミー・トゥ・ユー』は、「東京バンドワゴン」シリーズの八作目にあたります。が、この作品はちょっと趣が違います。先ほど紹介した定型のストーリーにはなっていないのです。本書はこのシリーズの【番外編】にあたる作品集なのです。

本書は全部で一一の短編が収録されていますが、それぞれに語り手が違っています。「紺に交われば青くなる」は堀田紺、「散歩進んで意気上がる」は堀田すずみ、という具合です。一一人の視点から堀田家を、そして「東京バンドワゴン」を俯瞰《ふかん》していきます。文章も老若男女それぞれのキャラクターに沿っているのでバリエーション豊かです。そしてどの短編でも、本編ではほとんど語られて来なかった新たなエピソードが登場します。本編のシリーズはホームドラマであると同時に謎解き小説でもあるので、その文脈では触れられないエピソード、あるいは、ストーリー上では特に語る必要のない関係性もあります。そこにあえてスポットを当て、登場人物の人間関係に深みを与え、新たな魅力を増幅させたのがこの『フロム・ミー・トゥ・ユー』なのです。

本書から、いくつか「知られざるエピソード」を拾ってみましょう。たとえば、「愛の花咲くこともある」の語り手は紺の妻・亜美です。ここでは亜美と紺の「最初の出会い」が描かれています。北海道旅行にやってきた亜美は、函館で不覚にもボストンバッグをなくしてしまいます。警察に盗難届を出しているまさにその時、交番の前を歩く男が、亜美が今届けているものと全く同じボストンバッグを持っているではありませんか。亜美は思わずその男に駆け寄り、蹴り飛ばしていたのです。「どうして僕はいきなり蹴られたんでしょうか？」と怪訝《けげん》そうに返事をしたその男こそが、堀田紺だったのです。結局そのバッグは正真正銘、紺の持ち物で、とんだ濡れ衣を着せられたわけですが、こんなエピソードが二人の出会いだったなんて、なんとも愉快ではありませんか。

　もう一つ、「言わぬも花の娘ごころ」。語り手は小料理居酒屋〈はる〉のおかみさん、真奈美です。彼女が堀田藍子さんの娘で小学校六年生の花陽ちゃんとばったり会い、二人でお茶しているところに花陽ちゃんから禁断の質問が。「お父さんのことも、知ってたの？」――藍子さんはシングルマザーであり、お父さんについてはこれまでほとんど触れられていませんでした。藍子さんの後輩である真奈美さんはその事情も知っているため、花陽ちゃんに初めてその経緯を語ります。が、それにはさらに、その「お父さん」と真奈美さんとのある「秘密」もあって――と、デリケートな話に発展しますが、そこは「東京バンドワゴン」シリーズ、最後は爽やかな余韻が残る、いいエピソードになっています。

こんな調子で紹介していくと、未読の方の興味を削《そ》いでしまいますので、このくらいにしておきましょう。今までずっと読んできた人には、「こんな裏話があったのか！」と驚き、東京バンドワゴンの世界により親近感がわいてくるに違いありません。

さて、ご存じのとおり、「東京バンドワゴン」シリーズは二〇一三年に連続ドラマ化されました。ドラマ放送後の現在では、やはりドラマのことを意識せざるを得ないでしょう。我南人を演じるのは誰か、そして青は、紺は誰が演じるのか――放送前はファン同士でいろいろ語り合ったものですが、実際の放送を見て、ちょっとホッとしたのを覚えています。私が頭の中で思い浮かべていた配役とは少し違っていたものの、始まってみればみんなハマり役だったのではないでしょうか。我南人役の玉置浩二さん、いい味出してましたね。決め台詞《ぜりふ》「LOVEだねぇ」も見事にマッチしていました。今では、そのドラマがきっかけで小説を手に取り、そこから小説のファンになって読み続けている人もきっと多いのではないでしょうか。そんな新たな読者も大歓迎、それが「東京バンドワゴン」の世界ですよね。

「東京バンドワゴン」のドラマ化は書店にとっても大きな出来事でした。ドラマ・映画に連動して原作の小説が売れるのが書店の現場の光景ですが、一作ではなくシリーズがたくさんあったので、それだけ展開もしやすく、目立つ売場が作れたのです。ちょっとした「東京バンドワゴン」フェアですね。おかげで反響も大きかったと記憶しています。

　毎年夏に全国の書店で開催される夏の文庫フェア。新潮文庫、角川文庫、集英社文庫の三社を中心に、今では幻冬舎文庫やハヤカワ文庫まで参戦して賑わいを見せておりますが、その集英社文庫フェア「ナツイチ」のラインアップにも、今や「東京バンドワゴン」は欠かせない存在になっています。集英社文庫の定番の位置をキープし、フェア期間以外でも平台に常設され、書店の売り上げにも大いに貢献してくださる、我々書店員にとっても実にありがたいシリーズなのであります。あ、現金な話しちゃった。

　小路幸也さんは、『空を見上げる古い歌を口ずさむ』でメフィスト賞の第二九回受賞者としてデビュー。年に二、三作のペースで作品を発表されていました。第一作目の『東京バンドワゴン』が世に出たのは二〇〇六年のこと。これがシリーズ化する頃には一年で七、八作の新作をコンスタントに発表されるほどの活躍を見せるようになりました。まさに「東京バンドワゴン」シリーズが小路さんのブレイクのきっかけになった、と言っても過言ではないと思います。その作風の幅広さは、小路さんがメフィスト賞出身だということを忘れさせるほどです。文庫化作品も合わせると、ほぼ「月刊・小路幸也」と呼んでもいいくらいの刊行ペースで、書店の店頭を毎月のように賑わせてくださいます。そういう意味でも、あえて繰り返しますが、書店員にとっては本当にありがたい作家さんであります。ありがたやー。

小路幸也さんによると、「東京バンドワゴン」はライフワークとも呼べるシリーズだそうで、まだまだいくらでも書き続けられるそうです。そしてこれもご存じのとおり、シリーズのタイトルはビートルズのカタカナの曲名から取られています。こうなったらいっそのこと、ビートルズの曲の数だけ書き続けていただきましょう（いやそれはさすがに年齢的に無理か……）。まだまだ東京バンドワゴンでの事件は絶えることはないようですよ。そう、私たちには、いつも帰る場所があり、家がありそして、小説があるのです。

おかえりなさい、堀田家へ。そして「東京バンドワゴン」へ。

（みしま・まさゆき　書店員・啓文社ゆめタウン呉店勤務）

この作品は二〇一三年四月、集英社より刊行されました。

初出

紺に交われば青くなる　集英社ＷＥＢ文芸ＲＥＮＺＡＢＵＲＯ２００８年11月
散歩進んで意気上がる　単行本書き下ろし
忘れじの其の面影かな　単行本書き下ろし
愛の花咲くこともある　集英社ＷＥＢ文芸ＲＥＮＺＡＢＵＲＯ２００９年１月
縁もたけなわ味なもの　集英社ＷＥＢ文芸ＲＥＮＺＡＢＵＲＯ２００９年５月
野良猫ロックンロール　単行本書き下ろし
会うは同居の始めかな「青春と読書」２０１０年５月号・６月号
研人とメリーの愛の歌　集英社ＷＥＢ文芸ＲＥＮＺＡＢＵＲＯ２００９年12月
言わぬも花の娘ごころ　集英社ＷＥＢ文芸ＲＥＮＺＡＢＵＲＯ２００９年９月
包丁いっぽん相身互い「青春と読書」２０１０年３月号・４月号
忘れものはなんですか「小説すばる」２０１０年８月号

集英社文庫

フロム・ミー・トゥ・ユー　東京《とうきょう》バンドワゴン

2015年4月25日　第1刷　　定価はカバーに表示してあります。

著　者　小路幸也《しょうじゆきや》

発行者　加藤　潤

発行所　株式会社　集英社
東京都千代田区一ツ橋2-5-10　〒101-8050
電話　【編集部】03-3230-6095
【読者係】03-3230-6080
【販売部】03-3230-6393(書店専用)

印　刷　凸版印刷株式会社

製　本　凸版印刷株式会社

フォーマットデザイン　アリヤマデザインストア　　マークデザイン　居山浩二

ISBN978-4-08-745305-8 C0193